# LE DÉFI D'OLGA

# DU MÊME AUTEUR

*Romans isolés*

FAUX JOUR (Plon)
LE VIVIER (Plon)
GRANDEUR NATURE (Plon)
L'ARAIGNE (Plon) *Prix Goncourt 1938*
LE MORT SAISIT LE VIF (Plon)
LE SIGNE DU TAUREAU (Plon)
LA TÊTE SUR LES ÉPAULES (Plon)
UNE EXTRÊME AMITIÉ (La Table Ronde)
LA NEIGE EN DEUIL (Flammarion)
LA PIERRE, LA FEUILLE ET LES CISEAUX (Flammarion)
ANNE PRÉDAILLE (Flammarion)
GRIMBOSQ (Flammarion)
LE FRONT DANS LES NUAGES (Flammarion)
LE PRISONNIER N° 1 (Flammarion)
LE PAIN DE L'ÉTRANGER (Flammarion)
LA DÉRISION (Flammarion)
MARIE KARPOVNA (Flammarion)
LE BRUIT SOLITAIRE DU CŒUR (Flammarion)
TOUTE MA VIE SERA MENSONGE (Flammarion)
LA GOUVERNANTE FRANÇAISE (Flammarion)
LA FEMME DE DAVID (Flammarion)
ALIOCHA (Flammarion)
YOURI (Flammarion)
LE CHANT DES INSENSÉS (Flammarion)
LE MARCHAND DE MASQUES (Flammarion)

*Cycles romanesques*

LES SEMAILLES ET LES MOISSONS (Plon)
  I — Les Semailles et les Moissons
  II — Amélie
  III — La Grive
  IV — Tendre et Violente Élisabeth
  V — La Rencontre

LES EYGLETIÈRE (Flammarion)
  I — Les Eygletière
  II — La Faim des lionceaux
  III — La Malandre

LA LUMIÈRE DES JUSTES (Flammarion)
  I — Les Compagnons du Coquelicot
  II — La Barynia
  III — La Gloire des vaincus
  IV — Les Dames de Sibérie
  V — Sophie ou la Fin des combats

LES HÉRITIERS DE L'AVENIR (Flammarion)
  I — Le Cahier
  II — Cent Un Coups de canon
  III — L'Éléphant blanc

TANT QUE LA TERRE DURERA... (La Table Ronde)
  I — Tant que la terre durera...
  II — Le Sac et la Cendre
  III — Étrangers sur la terre

LE MOSCOVITE (Flammarion)
  I — Le Moscovite
  II — Les Désordres secrets
  III — Les Feux du matin

VIOU (Flammarion)
  I — Viou
  II — À demain, Sylvie
  III — Le Troisième Bonheur

*Nouvelles*

LA CLEF DE VOÛTE (Plon)
LA FOSSE COMMUNE (Plon)
LE JUGEMENT DE DIEU (Plon)
DU PHILANTHROPE À LA ROUQUINE (Flammarion)
LE GESTE D'ÈVE (Flammarion)
LES AILES DU DIABLE (Flammarion)

*Biographies*

DOSTOÏEVSKI (Fayard)
POUCHKINE (Perrin)
L'ÉTRANGE DESTIN DE LERMONTOV (Perrin)
TOLSTOÏ (Fayard)
GOGOL (Flammarion)
CATHERINE LA GRANDE (Flammarion)
PIERRE LE GRAND (Flammarion)
ALEXANDRE I$^{er}$ (Flammarion)
IVAN LE TERRIBLE (Flammarion)
TCHEKHOV (Flammarion)
TOURGUENIEV (Flammarion)
GORKI (Flammarion)
FLAUBERT (Flammarion)
MAUPASSANT (Flammarion)
ALEXANDRE II (Flammarion)
NICOLAS II (Flammarion)
ZOLA (Flammarion)
VERLAINE (Flammarion)
BAUDELAIRE (Flammarion)

*Essais, voyages, divers*

LA CASE DE L'ONCLE SAM (La Table Ronde)
DE GRATTE-CIEL EN COCOTIER (Plon)
SAINTE-RUSSIE, *réflexions et souvenirs* (Grasset)
LES PONTS DE PARIS, *illustré d'aquarelles* (Flammarion)
NAISSANCE D'UNE DAUPHINE (Gallimard)
LA VIE QUOTIDIENNE EN RUSSIE AU TEMPS DU DERNIER TSAR (Hachette)
LES VIVANTS, *théâtre* (André Bonne)
UN SI LONG CHEMIN (Stock)

# HENRI TROYAT
*de l'Académie française*

## LE DÉFI D'OLGA

Roman

LE GRAND LIVRE DU MOIS

*Il a été tiré de cet ouvrage :*

VINGT EXEMPLAIRES SUR PUR FIL
DES PAPETERIES D'ARCHES
DONT QUINZE EXEMPLAIRES NUMÉROTÉS DE 1 À 15
ET CINQ EXEMPLAIRES, HORS COMMERCE, NUMÉROTÉS
DE I À V

VINGT EXEMPLAIRES SUR VÉLIN ALFA
DONT DIX EXEMPLAIRES NUMÉROTÉS DE 16 À 25
ET DIX EXEMPLAIRES, HORS COMMERCE, NUMÉROTÉS
DE VI À XV

*Le tout constituant l'édition originale*

© Flammarion, 1994
ISBN 2-08-067139-1
*Imprimé en France*

# PREMIÈRE PARTIE

# I

Il l'avait prévenue par téléphone : « C'est grave. Il faut absolument que je te parle. Je passerai entre six et sept. » Pas un mot de plus ! Depuis, elle se rongeait. Quelle catastrophe allait-il lui annoncer encore ? Pourtant, elle se flattait d'avoir du sang-froid. Devant les pires embûches du destin, elle avait montré une vaillance d'amazone. Même quelques mois auparavant, la veille de ses quatre-vingts ans, elle n'avait pas bronché lorsque le propriétaire avait augmenté le loyer de son appartement sous prétexte qu'une loi absurde l'y autorisait. Mais voilà, dès qu'il s'agissait de son fils unique, Boris, elle redevenait vulnérable. Son mari, Victor Delorieux, était mort d'une péritonite alors que le garçon était âgé de sept ans à peine. Elle avait élevé l'enfant seule, avec une passion jalouse ; elle lui avait inculqué les bonnes manières et le respect du prochain ; elle l'avait forcé à apprendre le russe, bien qu'il fréquentât un lycée français. Elle-même parlait indifféremment les deux langues. Elle n'y avait pas grand mérite, car elle baragouinait déjà le français quand ses parents, chassés par la révolution bolchevique, étaient venus s'installer à Paris, en 1920. Cependant, pour exprimer ses sentiments profonds, et surtout pour écrire, elle préférait le russe. C'était en russe qu'elle avait rédigé jadis une série de nouvelles plus ou moins longues pour les rares journaux de l'émigration. Elle signait alors de son nom de jeune fille : Olga Kourganova. Ses récits, alertes et tendres, plaisaient aux lecteurs. Elle recevait des lettres d'encouragement de ses compatriotes exilés. Après la disparition de son mari français, en 1937, elle avait abandonné cette activité littéraire, du reste très mal payée. Les revenus du capital rondelet laissé par Victor Delorieux l'aidaient à vivre, obscurément mais honorablement, dans l'étroit logis de la rue Jacob : trois pièces, un coin-cuisine, une salle de bains minuscule — elle n'en demandait pas davantage. Retirée dans sa coquille, elle ne participait plus au mouvement du monde qu'à travers les commentaires de Boris. Il était son informateur, sa gazette, un intercesseur entre elle et l'actualité française. Grâce à lui, elle n'oubliait pas tout à fait qu'on était en 1990, à Paris, dans un univers bouillonnant de politique, de combinaisons commerciales et de faits divers

En son absence, elle se repliait sur ses souvenirs. Ils étaient si frais, si beaux, si joyeux qu'ils la consolaient de sa morne vieillesse. Dès leur arrivée en France, ses parents l'avaient placée dans un pensionnat russe, récemment fondé par un groupe de personnalités aristocratiques, à Quairoy, en Seine-et-Marne. Les fillettes y étaient élevées dans le culte de la Russie d'autrefois : religion, tradition, vénération de la famille impériale... On apprenait aussi le français, bien sûr, mais comme une langue accessoire. Une fois par semaine, c'est le français qui était de règle dans les conversations entre élèves. Olga entendait encore les exclamations de ses compagnes qui la reprenaient pour un mot russe lâché par inadvertance : « Tu dois un gage ! On est aujourd'hui lundi : c'est le jour du français ! » Et la petite troupe se transformait, avec des rires, en une assemblée de demoiselles authentiquement françaises. Le lendemain, on revenait avec soulagement à la langue maternelle des études et des confidences. Tout le monde, à cette époque, feignait de croire à une restauration monarchique prochaine et à un juste retour dans la patrie, enfin débarrassée des démons rouges qui avaient asservi le peuple et profané les églises. La pension de Quairoy, avec son patronage princier, son programme d'études calqué sur celui des meilleurs « gymnases » de l'ancien régime, ses révérences devant les professeurs et ses visites hebdomadaires d'un prêtre venu de la cathédrale Saint-Alexandre-Nevski, à Paris, était un îlot anachronique et charmant implanté dans la chair française. Il suffisait de franchir le seuil du château désaffecté qui abritait cette nichée de jeunes filles apatrides, en tablier bleu, pour se croire revenu en Russie, au temps du dernier tsar. Elles avaient plus ou moins conscience de mener ici une vie préservée et artificielle. Mais elles étaient heureuses de ce mirage au milieu de l'agitation de leurs contemporains. Tout en percevant les échos du monde extérieur, elles n'étaient guère pressées de s'y plonger, par crainte des coups et des déceptions.

La France, Olga ne l'avait découverte vraiment qu'à sa sortie définitive du pensionnat, lorsque, toute jeunette et ahurie, elle avait rencontré Victor Delorieux. De huit ans plus âgé qu'elle, il était ingénieur électricien dans une grande entreprise parisienne. Coup de foudre réciproque. Accord des familles. Mariage. Du jour au lendemain, Olga devenait française. Du moins, pour l'Administration. Victor Delorieux, lui, avait continué à la trouver russe de la tête aux pieds. Deuxième métamorphose : elle mettait un enfant au monde. C'était après la naissance de Boris qu'elle s'était avisée d'écrire. Quelle folie d'invention et de racontage l'avait saisie à ce moment-là !

À présent, elle ne se sentait plus aucun goût pour ces futiles jeux de plume. Elle préférait laisser vagabonder ses pensées dans le vide plutôt que de les fixer sur le papier. Le mystérieux coup de téléphone de Boris l'avait tellement perturbée qu'elle s'efforçait de découvrir une besogne qui occupât ses mains et la déchargeât de son obsession. S'il l'avait appelée, c'était qu'il avait besoin d'elle de toute urgence. Pourvu que ce ne soit pas un problème de santé ! Il était d'une constitution fragile. A cinquante-neuf ans, il avait souvent des bronchites, des crises de rhumatisme... Mais il se pouvait aussi que son cri d'alarme eût une cause sentimentale. Sa vie amoureuse était compliquée et même franchement aberrante. Il avait divorcé, voilà cinq ans, d'une charmante Française, Caroline, et s'était mis en ménage avec une autre Française, Viviane, qui le tenait bien en main. Or, très vite, l'ex-épouse et la maîtresse avaient sympathisé. Leur amitié s'était même scellée au point qu'elles avaient ouvert ensemble un restaurant. Et, comble d'audace, c'était un restaurant russe ! Caroline, ayant appris la cuisine russe auprès de sa belle-mère, officiait devant les fourneaux et Viviane, forte de son bagou, recevait les clients et prenait les commandes. Boris supervisait la collaboration des deux femmes et vivait en pacha des revenus substantiels de l'établissement. Pour affirmer la vocation slave du restaurant, ils l'avaient baptisé *Le Gogol*. Olga s'y rendait parfois et donnait son avis, en spécialiste, sur les différents plats du menu. Elle estimait que Caroline avait dénaturé ses recettes. Trop de poivre, trop d'aneth, c'était, disait-elle, une cuisine « à l'emporte-gueule ». Mais les clients en raffolaient. Devait-elle aller contre l'opinion générale ?

Pour la cinquième fois, elle fit le tour de l'appartement, cherchant quel rangement elle pourrait bien entreprendre afin de tuer le temps. Mais tout était en ordre. La femme de ménage, Alicia, venait de partir, son travail terminé. Il était cinq heures. Encore au moins une heure à attendre avant l'arrivée de Boris ! Désœuvrée, elle s'assit devant son petit bureau de merisier et sortit du tiroir une photographie de groupe, datant de sa dernière année à Quairoy. Toute la classe était là. Deux rangées de jeunes visages souriants. Elle retournait mélancoliquement à ces journées innocentes et s'étonnait de l'importance qu'elles avaient prises dans sa mémoire. Soudain, elle songea qu'elle avait été plus profondément marquée par sa vie de pensionnaire russe en plein cœur de la France que par sa vie de femme mariée, puis de mère et de veuve. En dépit de ses cheveux blancs, de ses rides et de son essoufflement chronique, elle avait toujours quatorze ans, quinze ans, et se préoccupait de ses notes en composition et de ses amitiés de dortoir... Elle s'attendrit sur cette permanence en elle des illusions de l'enfance. Il lui sembla qu'elle était passée sans transition de l'état de fillette à celui de vieillarde. Quairoy lui tenait lieu de patrie et presque de famille. Oui, elle se souvenait avec moins d'émotion de ses parents que de ses professeurs et d'une certaine princesse, nièce éloignée du tsar, qui venait, une fois par semaine, visiter l'école. « Princesse » par-ci, « Altesse » par-là. Belle, simple et généreuse, elle était ce que chacune de ses petites protégées aurait voulu être en devenant grande.

Le regard d'Olga s'attardait sur les figures de ses compagnes de classe. Elle les nommait une à une, dans sa tête : Irène, Marina, Sonia... Quatre ou cinq d'entre elles étaient restées ses amies dans le naufrage des années. Elle les revoyait, de loin en loin, autour d'une tasse de thé. On parlait du passé. On riait avec une infinie tristesse.

D'autres étaient mortes. D'autres encore s'étaient dispersées après mariages, naissances, voyages, deuils, si bien qu'on ne savait plus où les situer. Mais toutes les survivantes — Olga en était convaincue — avaient gardé intact l'esprit de Quairoy. En elles, pour toujours, le culte de la Russie ancienne s'alliait à un besoin de propreté morale, de fermeté patriotique et de piété. Comme si elles avaient coulé les trois quarts de leur existence dans le pays mythique qu'elles regrettaient tant aujourd'hui. Comme si elles étaient destinées à paraître demain, pour la première fois, à la cour. Or, la plupart, comme Olga, avaient émigré tout enfants. Quelques-unes même étaient nées en France. Cela ne les empêchait pas d'évoquer avec nostalgie les « nuits blanches » de Saint-Pétersbourg, les courses de traîneaux sur la Néva gelée, les bals étincelants du palais d'Hiver et le carillon des cloches de Moscou, le jour de Pâques. Plus que personne, Olga avait su se fabriquer un univers de souvenirs avec les récits de ses parents et de ses professeurs, la lecture des grands auteurs russes, la contemplation des cartes postales d'un autre temps. Quittant la photographie de Quairoy, son regard se promena sur les gravures qui ornaient les murs de sa chambre. Rien que des vues des deux capitales du Nord, si proches d'elle et qu'elle n'avait jamais visitées : des rues animées par une foule aux vêtements étranges, des monuments nappés de neige, les remparts du Kremlin, des calèches groupées devant l'entrée du théâtre Bolchoï... Que son logis parisien était donc piteux, avec son divan drapé d'un plaid à carreaux verts et rouges, ses sièges dépareillés, son armoire à glace et son bureau surchargé de paperasses, auprès des splendeurs architecturales de là-bas ! Une lithographie en couleurs de Nicolas II faisait face à l'icône tutélaire, dont la veilleuse, toujours allumée, éclairait faiblement les dorures. Les fenêtres closes étouffaient les bruits du dehors. On pouvait ignorer Paris. Le rayer de la carte. Exister ailleurs. Et même à une autre époque. Olga ne vivait plus en 1990, bercée par la sourde rumeur de la rue Jacob, mais quelque part en Russie, vers 1915.

Perdue dans son rêve, elle était sur le point d'oublier qu'elle attendait la visite de son fils et qu'il devait l'entretenir d'une question importante. Il ne prenait aucune décision sans la consulter. C'était bien. Trop bien, peut-être. Elle l'avait tellement couvé dans son jeune âge ! Réfugié dans la tiédeur du giron maternel, il en avait perdu, à la longue, toute volonté personnelle, voire tout sens des réalités. D'ailleurs, elle n'eût pas supporté qu'il lui tînt tête, le bec pointé et la crête rouge. Elle l'aimait tel quel, disponible, flexible, rêveur, paresseux. Comme le petit garçon qui, jadis, se réfugiait dans son lit après un cauchemar. Elle le prenait alors dans ses bras, contre sa poitrine, jusqu'à entendre les battements de son cœur. Elle le consolait à voix basse. Elle le faisait rire. Et il se rendormait, apaisé. Rien n'avait changé entre eux, malgré les apparences. Le tintement de la sonnette la fit tressaillir. Elle se jugea coupable d'un excès de tendresse et se hâta vers la porte.

Dès que Boris fut devant elle, mal rasé, la mine défaite, les yeux battus, elle se mit sur le qui-vive. Il avait souvent cet air minable quand il venait la voir. Depuis son enfance, il aimait se plaindre. Mais, cette fois-ci, la blessure semblait profonde. Elle le fit asseoir sur une chaise, s'assit elle-même au milieu du divan, le dos calé par des coussins multicolores à motifs ukrainiens, et, le regard direct, la voix autoritaire, l'interrogea :

— Que se passe-t-il ?

D'instinct, elle avait parlé en français. Quand il s'agissait des affaires de son fils, cette langue, entre eux, était d'usage. Elle n'employait le russe que pour évoquer ses souvenirs avec ses amies de pension. La réponse arriva, pâteuse :

— Je me suis disputé avec Viviane.

Olga respira un bon coup : il n'y avait guère là matière à s'inquiéter !

— Ce n'est pas la première fois, dit-elle.

— Non, bien sûr... Mais aujourd'hui tout a craqué entre nous... La rupture, maman, la rupture ! Nous avons eu une grande explication, ce matin, avant qu'elle parte pour le restaurant...

— Que lui reproches-tu ?

— Rien de précis.

— Que te reproche-t-elle ?

— Rien de précis non plus... Mais enfin, tu connais son caractère. Tout d'une pièce... Elle en a assez de me voir chez elle. Elle dit que ça la dérange... Elle me demande de quitter l'appartement, d'emporter mes affaires...

— Va habiter chez Caroline !

— Caroline, elle non plus, ne veut pas de moi. Elle a décidé de quitter son studio et de s'installer à ma place dans l'appartement de Viviane.

— Et Viviane est d'accord ?

— Bien sûr ! Elles ne peuvent plus se passer l'une de l'autre...

— Ne sont-elles pas un peu lesbiennes, ces deux-là ? suggéra Olga.

Il secoua le front de gauche à droite :

— Non... Enfin, je ne crois pas... C'est de l'amitié, un simple copinage...

Olga demeurait sceptique. Il y avait quelque

temps déjà qu'elle soupçonnait les deux femmes de fricoter ensemble. Boris ne se doutait de rien. Il était si naïf! Un collégien attardé. Mais peut-être était-ce elle qui se montait la tête? Elle voyait le mal partout. C'était son principal défaut. Elle souhaita se tromper. Pour la tranquillité et l'honneur de son fils.

— Tu te rends compte, reprit-il, mon ancienne femme et mon ancienne maîtresse! De quoi j'ai l'air, moi, là-dedans?

— Ne t'occupe pas de ça, trancha Olga. Autre chose me turlupine. Que deviendra le restaurant, si elles cherchent à t'évincer?

— Rien à craindre de ce côté. Je suis toujours propriétaire des murs, puisque tu les as achetés à mon nom. Je leur loue les locaux et je reste dans l'affaire.

— Alors, de quoi te plains-tu?

— Mais d'être lâché, maman..., de me retrouver sur le pavé, avec mes valises! Où veux-tu que j'aille?

— Chez moi, dit-elle sans réfléchir plus avant.

Et une immense joie l'envahit. Son fils lui revenait, humilié, désenchanté, mais sain et sauf. En vérité, elle n'avait jamais apprécié qu'il eût élu domicile chez cette Viviane, qui était jolie, certes, malgré ses quarante-cinq ans, mais qui le traitait un peu comme un garçon de courses :

« Boris, fais ceci ! Boris, va me chercher cela ! »
En réintégrant le bercail, il retrouverait le respect
de lui-même. La chaleur maternelle remplacerait
avantageusement pour lui celle — ô combien
suspecte ! — de l'amour sur le déclin. Et — qui
sait ? —, à force de regarder autour de lui, peut-
être découvrirait-il une autre femme, si tant est
qu'il en eût encore besoin à son âge. Cela ne
l'empêcherait pas de veiller de loin au bon
fonctionnement du Gogol. Après tout — il avait
eu raison de le rappeler —, le restaurant était, de
convention expresse, autant à lui qu'à Caroline et
à Viviane. Aucune perturbation sentimentale ne
pouvait modifier les clauses d'un contrat. Ainsi,
ce banal accroc était en réalité une aubaine. Il
fallait s'en réjouir et non s'en désoler.

— Tu verras, tu seras très bien chez moi, dit-
elle avec entrain. Tu récupéreras ta chambre,
dont j'avais fait un salon parfaitement inutile.
Nous renouerons avec nos bonnes habitudes !
Nous vivrons côte à côte, sans nous gêner, toi à ta
façon, moi à la mienne...

Elle s'élançait, légère, dans un avenir qui la
rajeunissait. Il l'arrêta :

— Je suis très malheureux, maman, gémit-il
d'une voix éteinte.

— Mais pourquoi ? s'écria-t-elle. Parce que tu
vas quitter cette Viviane qui te réduisait en

esclavage ? Parce que tu vas te réinstaller chez ta mère ? Tu devrais, au contraire, être soulagé !

— Je suis soulagé, mais malheureux, murmura-t-il. Chaque fois qu'une femme me quitte, c'est la même chose... Déjà avec Caroline, souviens-toi !

Ses yeux se gonflaient de larmes puériles. Il était fripé et chétif. Elle l'attira contre sa poitrine. Octogénaire robuste, elle berçait son vieux rejeton avec les mots d'autrefois :

— Elle ne mérite pas que tu te tourmentes à cause d'elle, Boris. Vous resterez bons amis, c'est l'essentiel... Le travail du restaurant vous rapprochera. Dans une semaine ou deux, tu n'y penseras plus...

Boris respirait à petits coups contre le sein flasque de sa génitrice. Elle lui caressait les cheveux d'une main souple. Il sentait la cigarette, le cosmétique et le vin. Un mélange de parfums qu'elle connaissait de longue date. L'odeur de leur intimité retrouvée. Quand elle le jugea tranquillisé, elle chuchota tout contre son oreille :

— Si je te disais que je m'y attendais depuis quelque temps déjà ?

— C'est impossible ! Je n'en ai parlé avec Viviane que ce matin...

— Une mère, ça devine tout !

— Oui, bien sûr ! reconnut-il humblement. Mais es-tu sûre que ça ne te dérangera pas, si je viens ?

— Archisûre !

Et, pratique, elle demanda .

— Où sont tes valises ?

— Chez elle, dans l'entrée...

— Va les chercher. Cette nuit, tu coucheras ici.

## II

Un grand portrait de Gogol, copie du célèbre tableau de Moller, dominait la salle pleine de clients — français pour la plupart — qui dégustaient les spécialités de l'endroit. L'œil fureteur, le nez plongeant, les cheveux longs couvrant les oreilles, la moustache timidement souriante, l'auteur du *Revizor* observait les convives avec une froide ironie. Gros mangeur, il était à sa place dans ces odeurs de cuisine. Même mort depuis près d'un siècle et demi, il se régalait. Le restaurant comptait une vingtaine de tables, toutes livrées à de joyeux appétits. Olga et Boris avaient la leur, réservée, près du comptoir. Viviane vint prendre la commande. Elle semblait parfaitement à l'aise malgré la dispute de la veille. Pour elle, le commerce primait tout. Olga la lorgna à la dérobée, en feignant de lire le menu. La jeune femme avait un peu grossi, mais était encore belle avec sa tignasse blonde mousseuse, ses prunelles bleu de faïence et sa peau de lait. Il y avait sûrement quelque chose de louche dans ses rapports avec Caroline. Cela ne dérangeait pas Olga, dans la mesure où son fils acceptait la situation. D'autant que les deux « coupables » savaient se tenir en public. Pas de chatteries, pas de regards sucrés. Non, non, ce ne pouvait être cet engouement contre nature qui tourmentait Boris. Ce qui le chagrinait dans l'affaire, c'était uniquement le changement de domicile et d'habitudes. Olga en conclut qu'au fond de tout homme sommeillait un amateur de pantoufles. Sans consulter son fils, perdu dans de lâches pensées sentimentales, elle décida que tous deux mangeraient la même chose. Du classique : bortsch avec pirojkis, chachlik et, pour le dessert, une vatrouchka maison.

— Et comme boisson ? demanda Viviane.

— De la vodka, décréta Olga.

Boris intervint d'une voix dolente :

— Pour moi, de l'eau.

Viviane fit une moue de fausse commisération :

— Tu n'es pas bien ?

— Je n'ai pas fermé l'œil de la nuit, dit-il. J'ai dû prendre des somnifères...

— Eh bien, raison de plus pour te requinquer

avec un peu de vodka ! suggéra Viviane, maternelle.

— Vous avez raison ! approuva Olga. La vodka, il n'y a rien de tel pour remettre d'aplomb un homme malheureux.

Et, dirigeant un regard sévère sur Viviane, elle ajouta :

— Boris en a bien besoin après vos tiraillements et vos micmacs !

L'accusée s'éloigna en évitant tout commentaire. Le service était rapide au Gogol. Cinq minutes plus tard, le bortsch était là, rouge, fumant, parfumé, accompagné de pirojkis blonds et dodus, fourrés à la viande et au chou. La mère et le fils mangèrent en silence. Comme d'habitude, Olga estima que la cuisine de son ex-belle-fille était de la tambouille qui n'avait de russe que le nom. Pourtant, autour d'elle, tout le monde paraissait content. Le chachlik ne trouva pas davantage grâce à ses yeux. Ayant bu un peu de vodka, elle se sentait d'humeur combative. Prête à défendre le bonheur de son rejeton, elle eût affronté l'univers entier, la fourchette à la main. Mais il n'était pas question de discuter avec les deux femmes de Boris pendant le travail qui les retenait l'une aux fourneaux, l'autre dans la salle.

Lorsque les derniers clients eurent payé leur addition et quitté le restaurant, Caroline émergea, exténuée et surchauffée, de la cuisine où elle avait œuvré avec le chef. Viviane la rejoignit, puis toutes deux s'assirent à la table d'Olga. Elles parlèrent d'abord métier. Ce soir, on avait fait soixante-cinq couverts. Autant dire le maximum. Viviane était ravie. Dans ce couple féminin, c'était elle qui tenait les comptes. Caroline, petite brune aux yeux pétillants et aux lèvres gourmandes, se contentait d'assurer avec le chef — un Français lui aussi, qui avait appris les recettes russes dans les livres — l'approvisionnement et la préparation des plats.

— Un de ces quatre, nous serons obligées de nous agrandir, dit-elle. Hier, nous avons refusé du monde...

— C'est le manque à gagner qui te tourmente ? ironisa Olga.

Elle tutoyait son ancienne bru, mais disait vous à l'ex-maîtresse. Ce fut Viviane qui répondit à la place de Caroline. Elle ne doutait de rien et s'était arrogé le droit d'appeler Olga par son prénom :

— Eh oui, Olga. Il ne faut jamais stopper l'essor d'une affaire qui tend à se développer !

— Vous ne pensez qu'à l'argent et moi je ne pense qu'au cœur, répliqua Olga. Pourquoi avez-vous évincé Boris ? Qu'est-ce que c'est que cet arrangement ridicule ?

— Un arrangement indispensable, Olga, dit Viviane avec sérénité. Nous avons fait nos comptes, Caroline et moi. Il nous a paru stupide de payer deux loyers, alors que nous pouvions vivre ensemble à moindres frais. Elle a donc sous-loué son studio à une amie et s'est installée chez moi, rue Quincampoix...

— Et Boris, alors ? s'écria Olga. Il aurait pu rester rue Quincampoix : c'est assez grand, chez vous !

— Avec lui entre nous deux, ça n'aurait pas été possible, mère, observa Caroline à mi-voix.

— Tandis que toutes les deux sous le même toit, c'est « possible », peut-être ?

— Davantage, quand même...

Olga courba les épaules : la tranquille impudence des femmes qui régnaient sur son fils l'accablait. Elle se dit que cette génération ne respectait rien, ni la décence, ni les sentiments profonds, ni la différence des sexes. Il n'y avait plus de morale dans le monde... Déjà Viviane s'adressait directement à Boris avec désinvolture :

— Ça ne te plaît pas d'aller habiter chez ta mère ?

Il avait l'air d'un chien battu.

— Si, souffla-t-il.

— Eh bien alors, de quoi te plains-tu ?

— Mais on se verra comme avant, n'est-ce pas ? implora-t-il.

— Oui, en quelque sorte. Simplement, le soir, au lieu de rentrer rue Quincampoix, tu rentreras rue Jacob !

— Et au lieu de te retrouver, toi, je retrouverai maman, dit Boris.

— Voilà !

— Ce ne sera pas la même chose...

Les traits de Viviane se durcirent. Son œil bleu étincela d'une moquerie cruelle :

— Pour ce que nous faisions ensemble !...

— J'aimais bien...

— Laisse donc ces simagrées ! Tu sais parfaitement que, toi et moi, c'est fini ! Reste l'amitié, l'affection... C'est important, l'affection, Boris ! Nous te sommes très attachées, Caroline et moi...

Il hochait la tête, dubitativement :

— Oui, oui... Donc, tu crois que c'est mieux ainsi, pour nous deux ?

— Pour nous trois, Boris !

Olga jugea que la cause était entendue. Elle avait fait ce qu'elle pouvait pour épargner à son fils l'humiliation d'une rupture. Maintenant, elle était lasse de cette discussion qui sentait la chambre à coucher et le linge sale.

— Elles ont raison, Boris, dit-elle. Une situation nette est préférable au pataugeage d'hier. Tu vivras chez moi, mais tu toucheras, comme avant, ta part de bénéfice sur les recettes du Gogol.

— Je vous soumettrai la comptabilité à la fin de chaque mois, assura Viviane.

— Et je continuerai à prendre mes repas ici ? interrogea Boris.

— Bien sûr !

Il semblait à la fois ébranlé par les événements et incapable de s'insurger contre l'avanie qui lui était faite. Olga songea qu'il ne souffrait pas autant qu'il en avait l'air. Peut-être même n'était-il pas fâché de retrouver la chaleur de sa mère vieillissante après les tempêtes d'une tardive jeunesse. L'orage s'éloignait. On pouvait changer de conversation :

— A propos, M. Dimitriev a dîné ici, hier soir, dit Viviane. Il m'a parlé de vous, Olga.

— Ce vieux schnock ! grommela Olga.

— Il n'a que soixante-cinq ans !

— Il en paraît quatre-vingts ! Que devient-il ?

— Toujours sur la brèche. Mais son travail de traducteur lui rapporte à peine de quoi vivre... Il m'a dit qu'il avait lu autrefois vos contes dans un journal russe, *Les Dernières Nouvelles,* je crois, et qu'il les avait beaucoup aimés. Il se demande s'il ne pourrait pas les adapter en français et les soumettre à un éditeur.

Olga était si loin de ce passé de production littéraire qu'elle marmonna :

— Absurde, ma chère ! Ces histoires n'intéresseront personne. Je préfère les laisser dormir dans leur coin avec les vieilles lettres et les vieilles factures...

Viviane n'insista pas. Mais Caroline tint à préciser que M. Dimitriev était quelqu'un de très sérieux et de très estimable :

— Il écrit dans les journaux français... Il vient souvent au Gogol...

— Ce n'est pas une raison suffisante pour lui faire confiance, décréta Olga.

Et elle enchaîna tout naturellement :

— Je vous conseille de mieux trier votre clientèle. Tenez, je suis sûre qu'il y a des Soviétiques dans le tas !

— En effet, reconnut Viviane. Ils sont d'ailleurs très réservés, très corrects...

Olga eut un sourire méprisant :

— Ils cachent leur jeu ! Évidemment, vous ne pouvez pas refuser de les servir...

— Pourquoi le ferions-nous ?

— Parce que ce sont tous des espions ! Le renseignement est chez eux une institution nationale. Je suis persuadée qu'à chaque visite au restaurant ils s'arrangent pour vous faire parler.

— Bien sûr, il nous arrive d'échanger quelques mots avec eux...

— Ce sont quelques mots de trop !

— Nous ne disons rien de compromettant...

— Pour commencer, j'en conviens. Mais peu à peu ils endormiront votre méfiance, vous ne vous surveillerez plus, vous vous laisserez aller...

— Enfin, mère, s'exclama Caroline, nous ne détenons aucun secret militaire !

— Il n'y a pas que les secrets militaires qui les intéressent, mes pauvres petites ! En sympathisant avec ces gens-là, vous mettez le doigt dans l'engrenage, vous acceptez d'être manipulées...

Cette fois, Boris se réveilla de son apathie :

— Je crois que tu exagères, maman. Tu vois partout des taupes. Dieu sait que je n'ai aucune amitié pour les Soviétiques, mais de là à les soupçonner tous d'appartenir au K.G.B....

— La crédulité perdra l'Europe, prophétisa Olga. Tant que les Français n'auront pas démasqué l'affreux calcul des dirigeants du Kremlin, il faudra craindre ici la révolution et peut-être la guerre...

Elle enfourchait son cheval de bataille. Boris et ses deux femmes la laissèrent exposer ses griefs imprescriptibles contre l'U.R.S.S. Tout en parlant, elle avait conscience de ne convaincre personne, mais ce déversement de rancœur la soulageait. C'était l'ancienne pensionnaire de Quairoy qui défiait l'Armée rouge. Au bout de cinq minutes, fatiguée de prêcher dans le désert, elle battit en retraite :

— Faites comme bon vous semble ! L'expérience des anciens ne sert à rien pour les générations suivantes ! Les jeunes croient tout savoir de naissance, mieux que quiconque et d'abord que leurs parents ! Quant à la cuisine, Caroline, elle ne s'est guère améliorée. Il n'y avait pas assez de betteraves dans le bortsch et le chachlik était trop grillé. Un jour, je me mettrai aux fourneaux et je te montrerai...

— Quand vous voulez, mère...

Olga explosa :

— Ne m'appelle pas mère ! Je ne le suis plus depuis votre consternant divorce !

— Pour moi, vous le resterez toujours.

— A moins qu'une autre ne me remplace !

— Je n'ai pas l'intention de me remarier.

Olga se radoucit et tapota la joue de Caroline :

— Tu as raison : tu ne trouverais pas mieux que mon fils. C'est lui ou rien !

A ces mots, elle transperça Caroline d'un regard significatif.

Viviane souriait, amusée par cette partie de ping-pong qui se renouvelait à chaque rencontre entre les deux femmes. Boris aussi souriait, un peu gêné d'être toujours le prétexte et l'enjeu de la discussion. Sa mère était à la fois son avocat et son tortionnaire. Il l'adorait et il la redoutait. Quand cesserait-elle de se mêler de ses affaires ? Mais comment pourrait-il se conduire dans la vie si elle le privait, du jour au lendemain, de son autorité ? En la regardant, superbe dans sa vieillesse corpulente, il se disait qu'il n'avait jamais quitté son ventre. Soudé à elle, comme au temps de la gestation, il était elle et elle était lui, pour l'éternité.

Entre-temps, les employées avaient enlevé les nappes, balayé le sol et placé les chaises, à l'envers, sur les tables. Maintenant elles partaient — trois serveuses, la plongeuse, la caissière — et saluaient au passage les patronnes qui s'attardaient.

— Allez, leur dit Viviane, je ferai la fermeture.

Seule une lampe de secours brillait encore dans le restaurant vide. Au fond de cette pénombre, le portrait de Gogol était chargé d'un pouvoir maléfique. Rien n'échappait à son œil d'oiseau nocturne. Boris eut l'impression que le sourire de l'écrivain s'était accentué pendant le dialogue entre sa mère et son ancienne femme.

— C'est vrai qu'il est tard ! soupira Olga. Nous allons rentrer chez nous, Boris.

Elle avait appuyé intentionnellement sur les

mots « chez nous ». Le Gogol était situé rue du Cardinal-Lemoine. Ni trop près ni trop loin de la rue Jacob. Viviane appela un taxi par téléphone. Cinq minutes plus tard, la voiture était là. Olga se leva péniblement. Boris lui offrit le bras. Viviane et Caroline les accompagnèrent jusqu'à la porte :

— Bonne nuit, mère, dit Caroline.
— Bonne nuit, Olga, dit Viviane.
— Bonne nuit, mes petites, répondit Olga.

Boris baisa la main de Caroline et voulut embrasser Viviane sur la bouche, mais elle se déroba d'un léger mouvement du buste. Ses lèvres lui effleurèrent la joue. Il en fut vexé comme si elle lui eût retiré un privilège sur lequel il était en droit de compter. Quand la mère et le fils furent installés dans le taxi, Olga dit à Boris :

— Tu n'aurais pas dû revenir à la charge avec Viviane.
— Pourquoi ?
— C'est trop tôt après votre séparation. Attends quelques jours. Lorsqu'elle en aura assez de Caroline, elle te reviendra. Vous vous remettrez ensemble...

Cette pensée le revigora. Sa mère possédait, à coup sûr, des dons de pythonisse. Il se serra contre son épaule et déplora qu'elle eût quatre-vingts ans. Même si on se porte bien, à cet âge-là, le temps est mesuré. De jour en jour, le butoir se rapproche. Boris eut peur soudain de se retrouver seul.

— Tu n'es pas trop fatiguée, maman ? demanda-t-il.

— Mais non, pourquoi ?

— Pour rien... C'était un peu pénible, cette soirée...

— Surtout à cause de la nourriture, répondit-elle en suivant son idée.

— Oui, murmura-t-il avec une infinie tristesse. C'est ça... A cause de la nourriture...

Elle posa une main sur le genou de son fils et pronostiqua rondement :

— La pauvre Caroline n'arrivera jamais à faire la vraie cuisine de chez nous ! N'est pas russe qui veut !

## III

Après deux semaines de cohabitation avec sa mère, Boris reconnut que la situation n'était pas désagréable. Il avait récupéré sa chambre de jeune homme, se levait tard, prenait son petit déjeuner au lit, servi par Alicia, et se rendait, en traînant les pieds, à sa modeste librairie de la rue Visconti. Il y faisait commerce de livres russes d'occasion. Mais les clients étaient si rares que, pour s'occuper, il avait aménagé dans l'arrière-boutique un atelier de reliure. Hélas! cette activité elle-même n'intéressait pas le public. Le rythme effréné et la dureté aveugle de la vie moderne n'incitaient guère les gens à commander un habit de maroquin, de chagrin ou de basane pour leurs livres préférés. Afin de ne pas perdre la main, Boris se rabattait sur les volumes encore brochés de la bibliothèque maternelle. Depuis longtemps, il ne travaillait plus pour gagner de l'argent, mais pour meubler ses loisirs.

A midi, il rentrait à la maison et déjeunait, tête à tête, avec sa mère. C'était Alicia qui faisait la cuisine. Une cuisine rigoureusement française. Olga exigeait un régime très strict de viandes grillées et de légumes sans sel. Ses seuls extras, elle se les permettait au-dehors, et notamment chez les dames du Gogol. D'ailleurs, malgré leur fadeur diététique, les plats préparés par Alicia n'étaient pas mauvais. Elle y mettait de la crème en cachette. Et Olga fermait les yeux sur ces savoureux écarts. Elle disait qu'elle ne tenait pas à maigrir, qu'il était dans sa nature d'être corpulente et que, si elle surveillait ses menus, c'était simplement pour ne pas grossir davantage. Durant le repas, la mère et le fils parlaient peu. Cependant, leurs regards étaient empreints d'une telle complicité qu'en se levant de table Boris avait l'impression de sortir d'une longue conversation. L'estomac plein, il s'accordait, rideaux tirés, une heure ou deux de sieste dans sa chambre. Puis il retournait à la librairie, retapait la vitrine, où quelques vieux bouquins édités à Saint-Pétersbourg ou à Moscou avant la révolution bolchevique ne prétendaient même plus attirer l'attention des passants, fort clairsemés, de la rue Visconti, et fourgonnait dans l'atelier, collationnant, cousant, massicotant, encollant, sans se presser, pour user le temps jusqu'au dîner.

A sept heures, il fermait le magasin et ralliait la salle chaude et accueillante du Gogol. Son couvert l'y attendait. Il mangeait seul, à sa table habituelle, et c'était l'occasion pour lui d'échanger quelques mots, au vol, avec Viviane ou Caroline. Au vrai, elles étaient trop prises par leur métier pour un dialogue suivi. Boris en était réduit, parfois, à interpeller les serveuses. Quand le restaurant se vidait enfin, il bavardait avec les deux patronnes, buvait un petit cognac et, satisfait de lui, bien qu'il n'eût rien dit ni rien fait d'important dans la journée, regagnait à pied le bercail, rue Jacob. Une belle trotte qu'il jugeait bénéfique pour sa santé. Chemin faisant, il pensa à l'opinion de sa mère sur les rapports de Caroline et de Viviane. Qu'elles fussent, sans doute, un peu plus que des amies ne le gênait pas, l'amusait plutôt. Lorsque Viviane en aurait assez de Caroline, elle reviendrait à des amours plus saines avec lui. Les retrouvailles n'en seraient que meilleures.

A son arrivée rue Jacob, sa mère était déjà couchée. Le dos soutenu par une pile d'oreillers, les épaules couvertes d'une liseuse tricotée en laine bleue et blanche, les lunettes sur le nez, elle regardait la télévision. Le poste était installé en face d'elle, dans sa chambre. Boris s'asseyait à côté de son lit et lui prenait la main. Ils étaient un vieux ménage silencieux et uni. Tandis que, sur l'écran, se déroulait quelque chevauchée de western, ponctuée de hennissements et de coups de feu, ils se laissaient engourdir par la tiédeur de leur entente. Quand l'action se ralentissait, Olga demandait négligemment :

— Que t'ont-elles dit, au Gogol?
— Rien d'intéressant...
— Qu'as-tu mangé?
— Des croquettes Pojarski.
— Elles étaient bonnes?
— Oui...
— Tu n'as jamais eu le palais fin!
— C'est vrai.
— Un jour, je t'en ferai, tu verras...

Les hors-la-loi tombaient comme des mouches. Inutile d'attendre le triomphe du héros et le baiser final sous la bannière étoilée. Boris embrassait sa mère et réintégrait sa chambre, la tête vide et le cœur léger. Ce qui le rassurait dans cette lente coulée des heures, c'était la certitude que le lendemain ressemblerait à la veille.

Cependant, un soir, alors qu'il dînait au Gogol, il eut la surprise de voir un petit homme barbu, grisonnant et replet se lever d'une table voisine et s'avancer en souriant vers la sienne. Il identifia avec peine Dimitriev, qu'il avait connu imberbe. Avec cet éventail de poils d'argent au menton et cet œil de velours, il ressemblait à un écrivain russe du XIX$^e$ siècle, un idéaliste, buveur de thé, amateur d'idylles campagnardes et tisseur de rêves humanitaires.

— Je savais qu'en venant ce soir je vous trouverais ici, lui dit Dimitriev en s'asseyant sans façon à sa table. J'ai à vous parler de votre mère...

Immédiatement, Boris se mit sur ses gardes :
— De quoi s'agit-il ?
— D'un vieux projet auquel je retourne obstinément. Je me suis amusé à traduire en français un des récits d'Olga Kourganova, paru en feuilleton dans un journal russe, vers 1937-1938 : *Les Demoiselles du château*. Ce texte est, selon moi, de premier ordre. Bien qu'un peu court, il pourrait intéresser un éditeur parisien. Mais, avant d'entreprendre des démarches dans ce sens, j'aimerais avoir le consentement de l'auteur. Voulez-vous lui demander ce qu'elle en pense ?

Boris n'avait jamais lu *Les Demoiselles du château*. Ni du reste aucune des nouvelles russes de sa mère. Cette proposition l'éberlua.

— Je sais qu'elle ne tient guère à exhumer ses

anciens écrits, dit-il. Toutefois, je vous promets d'insister...

— J'ai apporté, à tout hasard, le manuscrit de ma traduction, reprit Dimitriev.

Et, ouvrant un attaché-case sur ses genoux, il en tira une liasse de feuillets tapés à la machine :

— Voilà ! Qu'elle lise ma version et qu'elle me donne son opinion le plus vite possible. Si vous pouviez la convaincre d'accepter...

— Oh ! vous savez, marmonna Boris prudemment, elle n'en fait jamais qu'à sa tête... En tout cas, c'est promis, dès ce soir je lui remettrai votre travail. Elle vous appellera elle-même.

— Merci, dit Dimitriev. Je garde bon espoir.

Il referma son attaché-case, se leva et retourna à sa table, où une portion de bortsch refroidissait dans l'assiette. Boris acheva son dîner sans plus s'occuper des feuillets dactylographiés qui reposaient à portée de sa main. A vingt reprises, sa mère lui avait répété qu'elle ne voulait plus entendre parler de ces gribouillages de jeunesse. Cette fois encore, il était probable qu'elle dirait non. Lorsque la salle fut aux trois quarts vide, Caroline et Viviane vinrent causer, comme d'habitude, avec Boris. Il leur fit part de la démarche de Dimitriev et du peu de chances qu'elle avait d'aboutir.

— Ma mère est si têtue ! soupira-t-il. Quand

elle a décidé quelque chose, elle s'y tient mordicus.

— Ce serait idiot de sa part ! s'écria Viviane.

— Mais oui, pourquoi refuserait-elle ? renchérit Caroline. Il ne coûte rien d'essayer ! Veux-tu que nous lui en parlions toutes les deux ?

— Non, non ! Surtout pas ! décréta Boris. Moi, moi seul...

Et, instantanément, il se sentit investi d'une mission filiale à laquelle il ne pensait pas dix minutes plus tôt. Après tout, ces femmes avaient raison. Il fallait écouter Dimitriev, publier le récit, donner à sa mère, si vieille et si digne, le plaisir de voir sa prose traduite en français et éditée, de son vivant, en France. Soudain, il eut hâte de quitter le restaurant, son ex-épouse et son ex-maîtresse. Il avait de nouveau un but dans l'existence. Il ne rentrait pas chez lui comme les autres soirs : il courait à un rendez-vous dont dépendait l'avenir d'Olga — et peut-être le sien.

Olga relut pour la troisième fois les dernières lignes de son récit et rangea le manuscrit dans le tiroir de sa table de chevet. C'était meilleur qu'elle ne l'avait cru. Certes, l'histoire s'inspirait largement de ses souvenirs et l'héroïne lui ressemblait trait pour trait, mais elle avait pris soin de changer les noms et de bousculer les péripéties, afin de donner à l'ensemble l'allure d'un roman. Ainsi, l'évocation de ses années d'études, de ses amitiés de pensionnaire, de son adieu déchirant à l'enfance, de sa découverte du monde et des hommes revêtait une dimension universelle. Magnifiée par elle, l'école de Quairoy, le « château des demoiselles », devenait le symbole de toutes les innocences et de toutes les grâces des débuts de la vie. Un paradis perdu auquel les adultes pouvaient rêver, de temps à autre, pour se rafraîchir. La simplicité du ton et la précision des détails excluaient toute mièvrerie. Et, chose curieuse, il semblait même que, traduit du russe, le récit gagnât en vigueur et en mystère. A la lecture de cette prose fluide, Olga avait l'impression de l'avoir rédigée elle-même, directement dans la langue d'un pays qui n'était pas le sien, que ces mots étaient sortis un à un de sa tête, qu'elle était depuis toujours, sans le savoir, un écrivain français. A ce bonheur égoïste se mêlait étrangement l'idée d'une trahison envers ses origines. Tout se brouillait dans son cerveau surchauffé. Elle était à la fois fière et inquiète, excitée et pleine de remords. Était-il possible que ces pages, écrites à vingt-six ans, fussent tirées de l'oubli alors qu'elle en avait quatre-vingts ?

Devait-elle souhaiter ou craindre cette publication tardive ? Incontestablement, Dimitriev avait fait du bon travail. Pourquoi ne pas le laisser aller au bout de son projet ? Un élan de jeunesse la fit tressaillir. Sa fatigue avait disparu. Elle regarda la pendulette sur sa table de chevet : minuit vingt. Sans hésiter, elle se leva, enfila son peignoir, chaussa ses pantoufles et se dirigea vers la chambre de son fils.

Il avait éteint sa lampe et, le nez contre le mur, ronflait avec un doux bruit de bouilloire. Comment pouvait-il dormir, alors qu'elle était tout agitée par la révélation de son propre talent ? N'y avait-il pas une sorte de télépathie entre une mère et son enfant, fût-il sexagénaire ? Elle lui secoua l'épaule. Réveillé en sursaut, il bafouilla :

— Maman ! Qu'y a-t-il ? Tu n'es pas bien ?

Sa main tâtonnante cherchait le commutateur. La lumière jaillit. Boris clignait des yeux. Olga sourit à cette face de vieux bébé ahuri.

— Je viens de lire la traduction des *Demoiselles du château,* annonça-t-elle. Tu sais que ce n'est pas mal du tout ?

A mesure que Dimitriev exposait son idée, Olga se disait qu'elle avait eu tort de le traiter naguère de « vieux schnock ». L'engouement qu'il manifestait à l'égard des *Demoiselles du château* paraissait si vif, si sincère qu'après l'avoir dénigré elle le trouvait intelligent, délicat et de bon conseil. Il insistait pour qu'elle ajoutât quelques pages à son récit afin d'en faire un « vrai roman », qui pût séduire un éditeur. Pour mieux la convaincre, il lui indiquait même les endroits du manuscrit où un développement serait le bienvenu. Elle lui promit d'essayer. Depuis le début de leur conversation, elle était possédée par une allégresse de débutante. Avec son doux visage d'intellectuel songeur et barbu à la Tourgueniev, Dimitriev était assurément un homme de qualité. Boris, qui assistait à l'entretien, approuvait bruyamment chacune de ses suggestions. Entre son fils et son traducteur, également enthousiastes, Olga était la reine de la fête. Elle avait préparé du thé et des craquelins. Mais le débat était si animé qu'aucun des trois participants ne s'avisait de manger ni de boire. On commentait en russe les chances de succès du livre parmi le public français.

— Croyez-vous vraiment que cette histoire, qui se déroule dans les milieux de l'émigration, puisse intéresser les lecteurs d'aujourd'hui ? demanda Olga.

— Certainement ! s'écria Dimitriev. Il y a là

l'étude d'une société en miniature dont la France n'a aucune idée. Cela ne peut qu'éveiller sa curiosité. Les gens seront émus par cette peinture d'un monde à part, replié sur sa nostalgie...

— Oui, oui, renchérit Boris. Avec ton bouquin, ils recevront une double révélation : celle d'un univers insolite, tout proche du leur, et celle d'un écrivain dont ils n'ont jamais entendu parler !

Il avait lu la traduction de Dimitriev la veille, d'une traite, et en était encore bouleversé.

— Ça marchera ! Je suis sûr que ça marchera ! reprit-il gaiement.

Sur quoi, il vida sa tasse de thé en quatre goulées et souffla à pleines joues parce qu'il s'était brûlé la langue. Olga esquissa une moue sceptique :

— Vous vous faites des illusions, tous les deux. Ne soyons pas trop gourmands ! Si nous obtenons qu'un éditeur français accepte d'imprimer et de lancer le livre, ce sera déjà bien. A qui voulez-vous le proposer ?

— Aux éditions du Mouton Noir, répondit Dimitriev. C'est tout à fait leur genre. Ils sont à la recherche de nouveaux auteurs étrangers. Et ils ont le vent en poupe. Quand pourrez-vous me rendre le manuscrit corrigé et complété ?

Olga se livra à un rapide calcul :

— Comment voulez-vous que je vous donne une date précise ? Je ferai de mon mieux...

— Approximativement : une semaine, deux semaines ?

— Mettons deux semaines...

Boris se leva et entoura d'un bras les épaules de sa mère :

— Bravo, maman !

— Reste la question du titre, observa Dimitriev. Je le trouve un peu pâle, un peu désuet...

— C'est ce qui fait son charme ! répliqua Boris.

— Pas sûr, pas sûr, murmura Olga. C'est important, le titre. Je vais chercher autre chose.

Couverte de compliments, elle s'ouvrait à la discussion, à la conciliation. Depuis un moment, le regard de Dimitriev se noyait dans une aimable rêverie.

— Si nous décrochons un grand succès en France, peut-être les Soviétiques seront-ils tentés de publier chez eux le texte original ? finit-il par dire. Ce serait amusant... et même émouvant.

Du coup, Olga se raidit, comme soufflétée. Son visage se fit de pierre, son œil étincela. De la tête aux pieds, elle n'était que refus :

— Jamais ! Je ne le permettrai jamais ! siffla-t-elle.

— Mais pourquoi, maman ? interrogea Boris.

— Je ne veux rien avoir à faire avec les naufrageurs de ma patrie !

— Il ne te plairait pas que ton talent soit reconnu en Russie ?

— Il n'y a plus de Russie ! Il n'y a que l'U.R.S.S. Des initiales qui recouvrent un pays sans âme !

— Tout de même, protesta Dimitriev, par-delà la politique, il existe l'amour de la terre natale, la fraternité du sang...

— Mon roman vaut ce qu'il vaut. Mais je l'ai écrit avec mon cœur, dans ma jeunesse, et je n'aimerais pas qu'il aille divertir les sujets du camarade Gorbatchev ! D'ailleurs, ils seraient incapables de comprendre la signification profonde de cette histoire. Empoisonnés par la propagande, ils n'ont rien de commun avec nous autres, les exilés !

— Vous ne souhaitez pas aller voir par vous-même ce qui se passe là-bas ?

— Pas plus que je ne souhaite descendre en enfer ! Aussi longtemps que la dictature communiste régnera sur le pays qui fut celui de mes parents, je n'y mettrai pas les pieds. Un véritable émigré doit s'interdire de faire risette à ceux qui l'ont chassé de son sol. C'est une question de dignité, de morale et de logique !

— Je suis moins intransigeant que vous, reconnut Dimitriev. Même si je n'ai aucune sympathie pour ce régime abominable, j'avoue qu'un voyage à Moscou, à Leningrad ou à Kiev me tente beaucoup...

— Vous n'êtes qu'un touriste ! lança Olga, la lippe méprisante.

Dimitriev rentra le cou dans les épaules et, pour détendre l'atmosphère, remarqua malicieusement :

— Nous voilà bien loin de votre merveilleux livre !

— Pas si loin que ça ! rétorqua Olga d'un ton sec.

Il y eut un temps de répit dans l'affrontement. Puis Dimitriev revint à la charge :

— Alors, comme convenu, dans deux semaines ?

— Quoi, dans deux semaines ? demanda Olga.

— Eh bien, mais..., vous n'oubliez pas votre promesse pour le manuscrit remanié ?

Olga redressa le buste et parut grandir d'une tête. Elle était Catherine II sur son trône :

— Je n'oublie jamais rien, monsieur Dimitriev ! dit-elle. C'est ce qui fait ma force.

Et elle porta la tasse de thé à ses lèvres dans un geste d'une élégance impériale.

## IV

Contrairement aux prévisions d'Olga, la décision arriva très vite. Moins d'un mois après la remise du manuscrit au Mouton Noir, M. Dieumartin, le directeur littéraire de la maison d'édition, faisait savoir à l'auteur, avec force éloges, que son roman était accepté. La publication en était même prévue pour le trimestre prochain. Boris et sa mère se rendirent au Gogol afin de célébrer « en famille » la signature du contrat. Bien entendu, Dimitriev participa, lui aussi, à la fête. Il avait veillé personnellement à la régularité des conditions du traité. Olga l'appréciait maintenant à un double titre : comme traducteur et comme négociateur. Elle l'assit à sa droite. Vêtue d'une robe bleu nuit à paillettes de jais, elle rayonnait sous le portrait de Gogol. L'illustre écrivain la patronnait du haut de son cadre. Elle soupait chez lui. Viviane et Caroline, délaissant momentanément leurs obligations professionnelles, vinrent trinquer avec elle, à sa table. Avant même que son livre parût, Olga se jugeait exaucée. Elle s'étonnait par ailleurs de n'avoir pas songé plus tôt à faire adapter en français *Les Demoiselles du château*. Sa vie, habituellement uniforme, prenait soudain le mors aux dents. Elle qui, jusque-là, n'attendait rien d'autre que la mort se surprenait à guetter avec avidité la sortie de son ouvrage en librairie. Tous les deux jours, elle téléphonait à l'éditeur pour savoir où en était la fabrication.

En recevant les épreuves, elle eut de violentes palpitations qui lui rappelèrent la cérémonie de la distribution des prix à Quairoy. Ce fut Dimitriev qui se chargea de corriger le texte. Mais elle le relut scrupuleusement à sa suite pour être sûre que la présentation serait impeccable. Elle discutait avec lui sur le choix d'un adjectif ou la place d'une virgule. Son souci de perfection était tel qu'elle hésitait à renvoyer les pages dix fois vérifiées à l'imprimeur. Pourtant, il fallait se hâter afin de ne pas retarder la mise en vente.

Lorsqu'elle eut en main les premiers volumes, elle les disposa en demi-cercle, sur des chaises, autour de son lit. Affaiblie par un excès de joie, elle ne se lassait pas de contempler son nom se détachant en lettres grasses sur la couverture vert amande à filets marron : Olga Kourganova. Et le titre, tranquille et poétique, comme un défi à la mode des titres violents : *Les Demoiselles du château*. Elle ne l'avait pas changé, malgré le conseil de Dimitriev. En revanche, elle lui avait obéi pour le développement de l'intrigue. Grâce à quelques rajouts adroitement insérés, l'ensemble formait deux cent trente-cinq pages. Une longueur tout à fait honorable. Au Mouton Noir, l'humeur était à l'euphorie. M. Dieumartin prévoyait un large succès d'estime. C'était un homme sec, policé, timoré, et qui ne parlait pas à la légère. Olga lui trouvait l'air d'un prêtre reconverti dans le commerce.

Le service de presse, qu'elle expédia dans une petite pièce sans fenêtre, chez l'éditeur, se révéla une obligation agréable. Après avoir distribué des dizaines de « sympathiques hommages » à des journalistes dont elle ne savait rien, elle s'était délectée en dédicaçant son roman à des amies. Toutes les « anciennes » de Quairoy eurent droit à leur exemplaire, enrichi d'une phrase affectueuse. Chaque fois qu'elle traçait un nom sur la page blanche, elle revoyait un jeune visage, elle entendait une voix de fillette récitant une leçon.

Les jours suivants, elle pria Dimitriev, qui possédait une voiture, de la conduire à travers

Paris, pour qu'elle pût saluer son livre dans les vitrines. Il ralentissait et rasait le trottoir devant les plus importantes librairies de la Rive gauche. Mais il était rare que l'ouvrage de cette débutante parfaitement inconnue eût l'honneur de l'exposition. Quand, par hasard, elle apercevait la jaquette vert amande parmi l'amoncellement des volumes concurrents, elle se sentait à la fois heureuse de la voir en bonne place et honteuse que ses souvenirs fussent à vendre comme n'importe quelle marchandise. A plusieurs reprises, elle dit à Dimitriev :

— Arrêtez-vous, s'il vous plaît...

Il stoppait. Elle descendait de voiture, s'approchait de l'étalage, regardait ce morceau d'elle-même qui ne lui appartenait plus, que chacun pouvait acheter et emporter chez soi, et il lui semblait qu'elle s'était déshabillée en pleine rue pour de l'argent. Le souffle court, les joues en feu, elle remontait dans l'auto et marmonnait :

— Il faut que je m'y habitue !

— Vous n'êtes pas contente ?

— Si, bien sûr ! Mais cette histoire était à moi, et voici qu'elle est à tout le monde... Le dernier des imbéciles peut se l'offrir, s'en divertir ou la détester... C'est dur !

En outre, elle regrettait que le livre fût publié en français et non en russe, dans sa version originale. Mais, en russe, bien peu de gens l'auraient lu, tandis que maintenant les espoirs les plus fous étaient permis.

Les lettres de ses amies achevèrent de calmer ses angoisses. Toutes étaient ravies de son initiative : « Tu as si bien évoqué notre cher Quairoy ! » « Je croyais y être de nouveau ! » « Grâce à toi, notre jeunesse ne tombera pas dans l'oubli... » Ces mots très simples la justifiaient à ses propres yeux. Les premières critiques furent, elles aussi, élogieuses. On louait la spontanéité de l'inspiration et l'élégance du style. Certain chroniqueur, d'habitude féroce, parla même d'un « nouveau *Grand Meaulnes* ». Les ventes commençaient à monter. M. Dieumartin se frottait les mains. Il fit une visite à Olga et accepta de prendre une tasse de thé avec elle.

— Nous tenons le bon bout, madame, lui dit-il. Le public découvre un auteur de quatre-vingts ans. C'est inespéré !

Elle rougit sous le compliment.

— N'avez-vous pas d'autres inédits dans vos tiroirs ? poursuivit-il.

— Si, quelques-uns... Des textes russes... Mais ce sont de petites choses...

— Il n'y a pas de « petites choses » quand l'écrivain est grand ! Faites donc traduire ces « petites choses » par M. Dimitriev et soumettezles-moi. Si elles sont de la même veine que *Les Demoiselles du château,* leur publication s'impose. Et le plus vite possible ! Il faut battre le fer pendant qu'il est chaud !

Olga tressaillit de fierté. Elle n'aurait jamais cru qu'elle passerait, à la fin de sa vie, pour un écrivain d'avenir. Pourvu qu'elle eût le temps de jouir, tant soit peu, de cette renommée tardive !

— Ce qu'il nous faudrait à présent, c'est la télé, affirma M. Dieumartin. Si jamais Gérard Volpi vous invitait dans son émission littéraire, cela donnerait un magnifique essor aux *Demoiselles du château.* Regardez-vous parfois « Paragraphes » ?

— Non, avoua Olga. A cette heure-là, je dors.

— Dommage ! Vous manquez le meilleur programme culturel de la semaine. Son audience ne cesse d'augmenter. Il vous suffirait de le suivre un soir ou deux pour connaître la température intellectuelle de la France. Que vous le vouliez ou non, vous faites partie maintenant du monde des lettres. Il faut vous y intégrer, y creuser votre place...

— Un roman doit parler par lui-même, rétorqua-t-elle. Il n'est pas nécessaire de faire du bruit autour.

— C'était le cas autrefois, madame. Aujourd'hui, sans publicité, le plus pur chef-d'œuvre resterait ignoré des foules. Après avoir écrit, l'auteur est tenu de vendre. Et, pour vendre, un seul moyen : se montrer, parler au public, jouer le jeu, vanter sa marchandise...

— Je ne le ferai jamais ! lança Olga.

— Même s'il s'agit d'attirer un plus grand nombre de lecteurs vers *Les Demoiselles du château* ?

— Aucun motif n'excuse ce genre de prostitution.

M. Dieumartin rit en chattemite derrière l'écran de sa main avant de capituler :

— Soit ! N'en parlons plus. D'ailleurs, il est fort peu probable que Gérard Volpi, qui croule sous le flot des nouveautés, fasse appel à vous.

Et, la toisant avec ironie, il ajouta :

— Vous êtes une femme étrange, madame Kourganova ! On dirait que, tout en souhaitant le succès de votre bouquin, vous en avez peur !

— C'est exactement ça, reconnut-elle. Et je plains les écrivains qui ne sont pas déchirés entre le désir qu'on les laisse tranquilles et le besoin qu'on s'occupe d'eux...

Sur ces mots, Boris rentra d'une course en ville qu'il avait faite pour le compte du restaurant. Sa mère le mit au courant de la conversation qu'elle venait d'avoir avec M. Dieumartin.

— Gérard Volpi, ce serait formidable! s'écria-t-il.

— Toi aussi! dit-elle tristement.

Puis elle raccompagna à la porte son éditeur qui répétait, mi-amusé, mi-agacé, en hochant la tête :

— Une femme étrange! Tout à fait étrange!...

Le lendemain soir, qui était un vendredi, elle s'imposa de regarder, du fond de son lit, l'émission « Paragraphes ». Assis à côté d'elle, Boris guettait ses réactions avec inquiétude. Le dos calé par ses oreillers, les épaules droites, le menton dur, les lunettes sévères, Olga ne desserra pas les dents tout au long des entretiens de Gérard Volpi avec ses invités. A la fin, elle éteignit son poste en appuyant sur le bouton de la télécommande et laissa tomber :

— Quel cirque! Ils ont tous été ridicules!

Boris n'osa la contredire par crainte de l'irriter davantage.

Trois jours plus tard, alors qu'il aidait sa mère à trier des journaux russes d'avant-guerre, à la recherche de quelques contes oubliés, le téléphone sonna :

— Décroche! ordonna Olga.

Il obéit et, aussitôt, lui passa l'appareil. C'était

M. Dieumartin. A peine eut-elle le temps de reconnaître sa voix que, déjà, il claironnait :
— Ça y est, chère amie !
— Quoi ?
— Gérard Volpi vous demande pour son émission dans quinze jours !

Surprise par la soudaineté de l'invitation, elle resta un moment sans voix. Puis, le souffle perdu, le cœur chaviré, elle murmura :
— Je n'irai pas.
— Vous ne pouvez pas refuser ! glapit M. Dieumartin. Personne n'a jamais refusé...
— Eh bien, je serai la première !
— Vous allez tout gâcher par entêtement : l'avenir de votre livre, votre carrière d'écrivain, tout, tout !

Boris s'était saisi de l'écouteur libre.
— Je t'en supplie, maman, chuchota-t-il, accepte !

Ébranlée par l'insistance de son fils et de l'éditeur, elle gémit :
— Je ne me suis jamais donnée en spectacle... Je n'ai jamais parlé en public... Je ne saurai pas !
— Mais si, maman ! Tu te débrouilleras très bien ! Fais-le pour moi, fais-le pour tes amies de Quairoy !

Au nom de Quairoy, un déclic se produisit en elle. C'était comme si on en eût appelé à sa gratitude pour la pension où elle avait grandi. Sa timidité disparut, soufflée par le vent de l'aventure. Elle n'avait plus peur de rien ni de personne. Elle reprit sa respiration avant de sauter l'obstacle. Puis, rassemblant son courage, elle balbutia :

— Bon... Dites à ce Gérard Volpi que c'est oui. Advienne que pourra ! J'essaierai de ne pas raconter trop de bêtises...

Elle était allée, la veille, chez le coiffeur : coupe, rinçage, brushing... Pour la toilette, elle avait choisi sa robe préférée : la bleu nuit à paillettes de jais. Peut-être avait-elle eu tort ? N'était-elle pas trop habillée pour une femme de lettres ? Ne faisait-elle pas penser à une concierge « en grand dimanche » ? N'importe : tout cela était un jeu dérisoire — un sale quart d'heure à passer ! M. Dieumartin avait obtenu des invitations pour lui-même ainsi que pour Dimitriev, Boris, Caroline et Viviane. Tous les cinq faisaient partie du public restreint admis sur le plateau de « Paragraphes ». Siégeant parmi ses « supporters », Olga s'efforçait de dominer son trac. Gérard Volpi l'avait accueillie très aimablement, tout à l'heure, et lui avait déclaré, pour la détendre, qu'il avait « adoré » son livre. N'en disait-il pas autant à chacun des participants ? Ils étaient quatre à part elle : trois jeunes romanciers, infatués et volubiles, et un vieil historien songeur. Olga ne les connaissait même pas de nom et avait jugé inutile de lire leurs ouvrages pour en discuter à l'occasion. Un assistant de Gérard Volpi vint la prier de prendre place, avec les autres écrivains, sous les projecteurs qu'on était en train de régler. Assis en demi-cercle autour d'une table de verre sur laquelle on avait disposé leurs livres, ils se regardaient en chiens de faïence. La lumière, blanche et brutale, aveuglait Olga. Tout, dans ce cérémonial étrange, attisait sa méfiance. Elle souffrait d'être exhibée comme sur une scène, avec ordre de parler, alors que sa tête était vide de mots. Des photographes, surgis de la nuit du studio, mitraillaient les vedettes de la soirée :

— Monsieur Marmouset, regardez par ici... Madame Kourganova, un sourire...

Malgré leurs adjurations, elle gardait un visage de marbre. Elle n'allait tout de même pas obéir à ces guignols ! Un technicien accrocha un minuscule micro à son corsage. Une maquilleuse s'approcha d'elle pour lui poudrer le nez. Elle refusa. Des caméras monstrueuses braquaient leurs objectifs sur sa figure, sur ses mains, avec une indiscrétion quasi policière. Ces engins diaboliques menaçaient de lui voler son âme. Ses moindres rides seraient révélées à des millions d'inconnus, ses moindres bégaiements entendus et commentés dans d'innombrables foyers de France. Elle eut peur et voulut s'enfuir.

Mais déjà Gérard Volpi s'installait dans son fauteuil, au milieu des cinq élus de l'émission. De courte taille, la face poupine, la bouche mobile et l'œil pétillant d'intelligence et de malice, il était visiblement excité par la performance qu'un auditoire fidèle attendait de lui chaque semaine. A son signal, les photographes s'écartèrent. Le spectacle allait débuter. Olga tourna la tête et chercha du regard, parmi l'assistance, son fils et les deux femmes venus pour la soutenir dans l'épreuve. Boris lui fit de loin une petite grimace d'encouragement.

En vérité, il était aussi inquiet qu'elle et priait intérieurement pour qu'elle tînt bon. Des techniciens réclamèrent le silence. Tous se figèrent. La musique du générique de l'émission retentit dans la salle. Gérard Volpi s'éclaircit la voix. Le cou tendu, Boris scrutait la physionomie de sa mère qui, plantée raide dans son fauteuil, la prunelle fixe, les mâchoires serrées, semblait une martyre chrétienne dans la fosse aux lions.

Ayant brièvement présenté ses invités, Gérard

Volpi commença par interroger l'historien sur les motifs qui l'avaient poussé à écrire la biographie de Louis-Philippe. Aussitôt, l'homme s'embarqua dans un long discours, que Boris jugea didactique et ennuyeux. Puis on passa aux trois jeunes romanciers, qui parlèrent sur un ton tantôt grave, tantôt enjoué de leurs ouvrages respectifs. Étant d'une génération habituée aux prestations médiatiques, ils étaient très à l'aise devant les caméras. Un peu trop peut-être. Ils se renvoyaient la balle. Boris redouta qu'après ce festival de désinvolture les propos de sa mère ne parussent mornes et guindés. A son avis, la conversation entre Gérard Volpi et ces benjamins de la littérature traînait fâcheusement en longueur. Si Gérard Volpi continuait à les questionner et à renchérir sur chacune de leurs réponses, il resterait peu de temps à Olga pour présenter son livre. Manifestement, elle bouillait d'appréhension et d'impatience. Son visage, dont elle ne contrôlait plus l'expression, traduisait tour à tour la crainte et la bravade, le désir de parler et celui de se taire. Crispé au bord de sa chaise, Boris croisait les doigts. Soudain, se tournant vers Olga, Gérard Volpi l'apostropha rondement :

— Vous venez de publier un bien beau roman, madame ! Sans doute vous a-t-il été inspiré par vos souvenirs de jeunesse ?

— En effet, répondit Olga d'une voix à peine perceptible.
— Il est adapté du russe, n'est-ce pas ?
— Oui.
— Avez-vous revu la traduction de M. Dimitriev ?
— Oui.
— Elle est excellente !
— Oui, je trouve...
— Parlez plus fort, s'il vous plaît. Quand avez-vous écrit *Les Demoiselles du château* ?
— Je ne sais plus... C'est si loin !.. Il y a cinquante, cinquante-cinq ans...
— Est-il indiscret de vous demander l'âge que vous avez maintenant ?
— Quatre-vingts ans.
— C'est prodigieux !
— Non, monsieur, c'est triste !

Boris ne s'était jamais avisé que sa mère eût un léger accent russe. Il craignit que cette particularité ne déplût à l'auditoire. Mais, autour de lui, les gens semblaient contents. Cette très vieille dame qui défendait son premier livre était assurément un phénomène digne d'être montré à la télévision.

— Et, à quatre-vingts ans, ces modestes aventures de la pension de Quairoy hantent encore intensément votre mémoire ? reprit Gérard Volpi.

— Elles y sont même plus présentes aujourd'hui qu'autrefois... Elles m'aident à supporter la vieillesse... A mon âge, on ne vit plus, on se contente de revivre...

Tout en parlant, Olga s'animait, s'enhardissait. Une lueur espiègle brillait même dans son regard. Comme Gérard Volpi l'interrogeait sur les personnages clefs de son récit, elle se lança dans la description de certains professeurs, de certaines élèves et parut oublier son anxiété pour s'abandonner au plaisir de raconter sa jeunesse. Elle soulignait le ridicule des uns, le charme des autres, ironisait sur la discipline archaïque de l'établissement, s'attendrissait sur l'innocence de ses compagnes, rapportait des incidents cocasses, citait des formules pédagogiques désuètes, commentait le courage discret, la dignité douloureuse de cette poignée d'émigrés qui tentaient de conserver leurs traditions au milieu d'une France républicaine, puis bouffonnait de nouveau à propos de rien, et Gérard Volpi échangeait des regards admiratifs avec ses voisins réduits au silence. Boris n'en croyait ni ses yeux ni ses oreilles. Sa mère, transfigurée, faisait un numéro. On ne pouvait plus l'arrêter. Le public était suspendu aux lèvres de cette grand-mère qui avait la faconde et l'aplomb d'un amuseur professionnel. Enfin elle se tut et Gérard Volpi enchaîna :

— Grâce à vos études dans cette institution russe, vous avez gardé intact en vous l'amour de la Russie. Est-il vrai, comme je l'ai lu dans certains journaux, que vous n'y êtes jamais retournée ?
— C'est vrai, monsieur.
— Pourquoi ?
— Parce que ce qui reste de la Russie, de *ma* Russie, est situé en France. Ailleurs, ce n'est pas la Russie, c'est un ersatz de Russie, imaginé par Lénine. Une horreur psychologique et historique qu'un véritable Russe a le devoir de rejeter...
— Comment pouvez-vous en juger sans être allée sur place ?

Cette question la cingla. De drôle elle devint pathétique. Retenant son souffle, Boris l'entendit vitupérer l'U.R.S.S. et ses dirigeants, accuser la France de faiblesse envers un régime dictatorial, dénoncer les dangers de cette superpuissance avide d'expansion, qui fourbissait ses armes et affûtait ses mensonges aux frontières du monde civilisé, supplier les intellectuels occidentaux d'ouvrir les yeux sur l'ignoble supercherie soviétique... Affolé par cette diatribe torrentueuse, Gérard Volpi s'employa à calmer le jeu. On reparla des *Demoiselles du château*.

— Avez-vous l'intention d'écrire une suite à ce livre ? demanda Gérard Volpi.

— Peut-être, dit Olga avec une moue évasive. Si Dieu m'en laisse la force et le temps. En attendant, je vais publier d'autres récits russes qui n'ont pas encore été traduits.

— Si vous deviez clore cet entretien par quelques mots, que diriez-vous ?

Elle répondit tout à trac :

— Merci la France !

Boris respira à pleins poumons. Rideau ! C'était gagné ! Sa mère n'était pas seulement un remarquable écrivain, mais aussi une comédienne consommée. En un quart d'heure, elle avait mis Gérard Volpi dans sa poche. Et tout le public avec lui. Penché vers Caroline et Viviane, il chuchota :

— Excellent !

— Oui, souffla Viviane. Je n'en reviens pas ! Elle si réservée...

— Elle n'est réservée qu'en apparence, remarqua Caroline. A l'intérieur, c'est un volcan !

Les dernières minutes de l'émission furent paisibles. On termina par un échange de considérations sur l'importance de l'humour dans la littérature, discussion à laquelle Olga dédaigna de prendre part. Quand les projecteurs furent éteints, tout le monde se retrouva pour boire un verre de champagne derrière le décor du studio.

— Alors, qu'en penses-tu ? demanda Olga en s'approchant de son fils.

— Tu nous as épatés ! répondit-il. Et tu as épaté toute l'assistance. Demain, il ne sera question que de toi dans les journaux. Je vois déjà les titres : « Le franc-parler d'Olga Kourganova » !

Viviane et Caroline joignirent leurs compliments à ceux de Boris. Olga, survoltée, avait oublié sa fatigue.

— Je leur ai déballé tout ce que j'avais sur le cœur, déclara-t-elle.

— Et tu l'as déballé avec une éloquence extraordinaire ! dit Boris. Pas une hésitation, pas une longueur...

— Je regrette simplement que vous n'ayez pas pu glisser un mot sur le Gogol, hasarda Caroline.

— Tu es folle ! s'exclama Viviane. On ne fait pas de réclame pour un restaurant dans une émission littéraire !

— Pas de la réclame, simplement une allusion à l'atmosphère russe de notre établissement...

— Ce sera pour la prochaine fois, assura Olga avec un sourire d'indulgence.

En prononçant cette phrase banale, elle se rendit compte qu'elle envisageait sans peur un nouveau passage sur le petit écran. Avait-elle pris goût à ce qu'elle considérait naguère comme une singerie inutile et dégradante ? Il lui sembla qu'en quelques minutes elle s'était transformée en une autre femme sous le même visage. Une femme de cinquante ans, ou de quarante-cinq, énergique, dynamique, optimiste... Déjà, des inconnus l'entouraient, la congratulaient :

— Quel bagou ! Quel abattage ! Vous avez donné à la France entière l'envie de lire votre roman pour mieux vous connaître...

Parmi cette agitation, Dieumartin et Dimitriev avaient l'air particulièrement réjouis. Comme si c'étaient eux qui avaient écrit le livre. Ils embrassèrent Olga avec emportement :

— Bravo ! Bravo, chère grande amie !

Le verre à la main, elle remerciait, souriait et s'étonnait d'être non seulement admirée, mais aimée par tant de gens qui ne lui étaient rien. La tête lui tournait, alors qu'elle n'avait pas encore goûté au champagne. Elle trempa ses lèvres dans le vin pétillant, s'appuya au bras de Boris et dit gaiement :

— Avec tout ça, je veux bien être pendue si je ferme l'œil cette nuit !

## V

M. Dieumartin avait vu juste : après son passage à la télévision, Olga était devenue, du jour au lendemain, une personnalité parisienne. Des gens qu'elle ne connaissait pas lui souriaient dans la rue. Les ventes de son livre grimpaient allégrement. Certains clients du Gogol, avertis par Viviane, qui avait le sens de la publicité, apportaient leur exemplaire des *Demoiselles du château* au restaurant pour que l'auteur le dédicaçât. Cette brusque notoriété flattait Olga et l'inquiétait tout ensemble. Elle craignait qu'on ne fût davantage sensible à son apparence d'aïeule russe excentrique et bavarde qu'aux qualités du roman qu'elle avait écrit. Elle refusait de n'être pour les Français qu'une *babouchka*[1] à l'accent rocailleux et aux rides photogéniques. Or, incon-

---

1. « Grand-mère », en russe.

testablement, c'était la réputation qu'elle était en train d'acquérir, par la faute de cette damnée émission de Gérard Volpi. Dans sa jeunesse, elle avait eu l'occasion de rencontrer les grands écrivains russes de l'émigration : Merejkovski, Zénaïde Hippius, Bounine, Remizov, Chmeliov... La plupart de leurs œuvres avaient été traduites en français. Mais aucune n'avait connu le large succès dont Olga bénéficiait aujourd'hui. Même Bounine, après son prix Nobel en 1933, était resté, pour les Français, un auteur de second rayon. Et voici qu'elle obtenait d'emblée ce que ses compatriotes, écrivains chevronnés, avaient espéré en vain toute leur vie durant. Elle en était gênée comme d'une injustice envers de glorieux aînés. Pourquoi elle et pas eux ? Comment expliquer cette faveur insolente ? Était-ce parce que, de leur temps, la télévision n'existait pas encore et qu'elle « passait bien » sur le petit écran ? Elle était arrivée au bon moment, voilà tout. Un coup de chance ! Elle revoyait le doux visage fripé de Remizov, son regard d'enfant quand elle lui avait rendu visite dans sa chambrette minable, aux murs décorés de diablotins découpés dans du papier de couleur. Il avait accueilli avec gentillesse la débutante qu'elle était à l'époque. Ensemble, ils avaient évoqué leurs admirations littéraires : Pouchkine, Gogol, Tchekhov... Il lui avait souhaité une brillante carrière, mais sans y croire vraiment. L'exil, disait-il, est un boulet aux pieds pour quiconque veut courir vite. En se rappelant cette entrevue ancienne, elle avait l'impression qu'il lui souriait maintenant encore, à travers les années, en la menaçant du doigt. Comme si elle lui avait dérobé quelque chose au cours de leur conversation. Comme si elle n'avait pas le droit d'être célèbre en France alors qu'il avait sombré dans l'oubli. Il croyait aux signes, à la magie, aux influences astrales. C'était un gnome de légende russe. Sans doute avait-il une sorte de génie, tandis qu'elle, elle...

Il y avait pis : naguère, elle se faisait un devoir et une joie d'assister, chaque dimanche matin, à la messe en la cathédrale Saint-Alexandre-Nevski, rue Daru. Le lent déroulement de la cérémonie, la solennité des prières en vieux slavon, qu'elle connaissait mot à mot, le chant envoûtant du chœur, le coudoiement d'une multitude de compatriotes dans le léger scintillement des cierges et le parfum oriental de l'encens, tout cela lui apportait un soulagement qui lui paraissait indispensable à son équilibre physique et moral. En quittant l'église après la bénédiction finale, elle avait la sensation de s'être empli les poumons d'air pur. A croire qu'elle avait repris sa respiration avant de replonger dans la grisaille étouffante de la semaine. Mais, à présent, trop de gens l'identifiaient dans la foule. Dès qu'elle sortait sur le parvis ou dans le petit jardin du prieuré, elle était assaillie d'importuns qui l'abordaient, en russe, avec une insistance déplaisante. On l'assourdissait de compliments, de questions, de demandes d'autographes ou d'invitations déplacées. Ce vedettariat à l'ombre de la religion lui était si désagréable qu'elle finit par renoncer à la messe dominicale dans le sanctuaire de la rue Daru. Elle s'y rendait de préférence en dehors des heures d'office, pour prier incognito, en solitaire. Au vrai, la curiosité dont elle était l'objet lui semblait trop lourde à porter pour son état de vieille femme. Jeune, elle s'en fût peut-être amusée. A son âge, elle en avait peur. On l'obligeait à se pavaner sous un déguisement. N'allait-elle pas se casser le nez après cette apothéose ? Saurait-elle justifier sa valeur par un nouveau livre ? Tout se ramenait à cette interrogation.

En fouillant dans ses archives, elle avait découvert plusieurs récits, traitant des heurs et malheurs de l'émigration, que Dimitriev avait promis de traduire. Elle aurait pu le faire elle-même. Mais elle reconnaissait qu'il avait, en français, un style plus élégant que le sien. Son projet consistait à remanier ces nouvelles, à les mettre bout à bout et à réaliser ainsi une suite romanesque aux *Demoiselles du château*. Ce serait un aperçu de la vie d'une jeune fille russe arrivée en France à l'âge de neuf ans, élevée selon les traditions de sa patrie et découvrant, à sa sortie du pensionnat, le monde, l'amour, le travail et l'espoir. On pourrait appeler ce roman initiatique *La Voleuse d'étincelles*. Dimitriev aimait bien ce titre. Mais, avant de se lancer dans sa besogne de rapetassage, Olga éprouvait le besoin de retourner aux sources de son inspiration. Elle avait le sentiment qu'après avoir revu Quairoy elle serait plus à l'aise pour raviver les joies et les tourments de son adolescence. Certes, elle avait entendu dire que l'école était depuis longtemps fermée et que le château avait été cédé à une quelconque administration d'État. Mais c'était bien le diable si les occupants actuels ne la laissaient pas effectuer là-bas son mélancolique et inoffensif pèlerinage ! Dimitriev s'offrit à la conduire sur les lieux en voiture. Boris les accompagna.

En arrivant à Quairoy, la déception d'Olga fut grande. Le château était bien là, immuable et vieillot, au fond du parc, avec sa façade de briques roses et de pierres blanches, ses deux tourelles, son escalier monumental. Mais il n'y avait pas une jeune fille à l'horizon. L'établissement avait été affecté au casernement d'une compagnie républicaine de sécurité. Une sentinelle moustachue et casquée refusa à Olga le droit de pénétrer dans la propriété.

— Ce serait juste pour jeter un coup d'œil, dit-elle. J'ai été pensionnaire ici, autrefois...

— Je regrette, madame, répondit l'homme. L'entrée est interdite à toute personne étrangère au service.

Elle eut beau parlementer, soutenue par Dimitriev et Boris, le cerbère resta inflexible. Derrière la grille, le passé d'Olga refusait de la recevoir. Mais n'était-ce pas mieux ainsi ? En franchissant le portail, elle n'aurait connu que déception et révolte. La transformation du pensionnat en caserne de C.R.S. était, pensait-elle, un signe des temps. Aux rires légers, aux jeux innocents, aux rêveries virginales succédaient les voix gouailleuses, les propos de corps de garde, l'odeur du tabac et le bruit des souliers à clous. Tout ce qu'elle avait aimé était ainsi condamné à disparaître. Elle était une rescapée qui n'avait sa place nulle part. Elle grommela :

— C'est pis que triste : c'est grotesque ! Je regrette de m'être dérangée.

Tous trois remontèrent en voiture. Pendant le trajet du retour, Dimitriev tenta d'atténuer la déconvenue d'Olga en lui parlant de son prochain livre, sur lequel elle avait déjà commencé à travailler. Mais elle ne se laissa pas détourner de son idée fixe : elle revenait d'un enterrement.

Bientôt, bercée par le mouvement de l'auto, elle ferma les yeux et se cloîtra dans son monde intérieur. Elle entendait à nouveau le tintement de la cloche qui sonnait le réveil au château de Quairoy, à six heures et demie du matin. Aussitôt, le dortoir s'ébrouait et la surveillante houspillait les retardataires. Puis c'était le débarbouillage hâtif, parmi les rires et les éclaboussements. Une fois lavées, habillées et coiffées, les fillettes entraient, deux par deux, dans le réfectoire, esquissaient une révérence devant la directrice et gagnaient leur banc d'un pas mesuré. Au mur de la vaste salle, face à un portrait de Nicolas II, pendait l'arbre généalogique de la dynastie des Romanov. Un drapeau russe et un drapeau français le flanquaient de leurs trois couleurs diversement disposées. La collation était précédée d'une prière, psalmodiée à haute voix par toute l'assistance. Prières aussi dans la chapelle orthodoxe, avec le chœur des grandes qui chantaient à tue-tête la gloire du Seigneur. Les cours débutaient juste après. En russe, bien sûr ! Et comment oublier l'agitation qui s'emparait des fillettes avant d'aller à confesse ? On s'inventait des péchés par plaisir ; on comparait entre amies la liste des fautes vénielles : « Combien en as-tu ?

— Neuf ! — Moi je n'en ai trouvé que six ! Fais voir... » Il arrivait qu'on copiât l'une sur l'autre avant d'entrer, la poitrine oppressée, dans la chapelle. Mais, dès les paroles d'absolution, quel essor, quelle lumière dans l'âme ! La voix de velours sombre du père Grégoire : « Va en paix avec Dieu ! » En retournant à sa place, Olga avait la démarche ailée d'un ange. Et cette impression de sainteté immaculée durait jusqu'au tumulte païen de la récréation. En vérité, ses tourments les plus intimes, Olga les avouait de préférence à une surveillante, Mme Strakhova, en qui elle avait une confiance aveugle. Privée de tendresse par une mère distante et rigide, elle se rattrapait avec les « dames de classe » qui savaient écouter les élèves. Olga se souvenait aussi du professeur d'histoire, Mme Trophimova, qui était jeune et belle. Quand elle complimentait une pensionnaire, celle qu'elle avait distinguée en avait le cœur allégé jusqu'au lendemain. Mais Mme Trophimova paraissait toujours triste et distraite. On disait que son mari avait été fusillé par les bolcheviks huit jours après la bénédiction nuptiale. Elle n'était pas la seule à avoir connu ce deuil de violence. La plupart des « dames de classe » avaient traversé des tragédies similaires avant de trouver refuge au château de Quairoy. Ici, les grandes personnes étaient presque toutes des survivantes du massacre rouge et les fillettes presque toutes des déracinées, dont quelques orphelines.

Cela n'empêchait pas l'atmosphère de la maison d'être résolument joyeuse. Il y avait souvent des compétitions de volley-ball et de basket-ball entre classes rivales. Et aussi des fêtes costumées, des spectacles, des charades, des concerts... Des acteurs, des chanteurs russes venaient de Paris pour participer bénévolement aux réjouissances. Ces jours-là, les pensionnaires troquaient leur habituel tablier bleu contre un tablier mauve, plus seyant. Olga se rappelait encore qu'en 1928, pour les quatre-vingts ans de l'impératrice douairière, Marie Fedorovna, mère de Nicolas II, toutes les élèves avaient travaillé à broder une grande nappe, chacune étant affectée à un motif particulier. Olga avait dû se contenter de confectionner deux petites croix, l'une rouge, l'autre noire. L'essentiel de la décoration avait été réservé aux plus fines aiguilles de l'école. Lorsque tout avait été terminé, la directrice avait envoyé la nappe à Sa Majesté Impériale, qui résidait alors au Danemark. Marie Fedorovna avait répondu par une lettre de remerciements, qui, après avoir été lue en classe, avait été encadrée et affichée dans la salle à manger, à côté du portrait de son fils, le tsar assassiné. L'impératrice douairière était d'ailleurs morte peu après, au mois d'octobre de la même année... Tout cela, Olga le repassait dans sa tête tandis que l'auto roulait vers Paris. Elle n'émergea de sa rêverie qu'en arrivant rue Jacob. A sa descente de voiture, elle dit à Dimitriev :

— Contrairement à ce que je vous ai déclaré tout à l'heure, cette visite à Quairoy m'a fait du bien. J'ai tout revu sans avoir rien vu. Comment expliquez-vous cela, mon cher ?

A la maison, elle trouva dans son courrier une lettre de M. Dieumartin lui donnant les derniers chiffres de vente des *Demoiselles du château*. Ils étaient en progression constante. Cette nouvelle la rasséréna un peu. Elle gagnait de l'argent. Beaucoup d'argent. Et le brave Dimitriev en avait sa part. Il prospérait. Son soin prioritaire avait été de s'acheter un costume gris clair et des chaussures jaunes. Un vieux dandy barbu. Tout cela grâce à quelques souvenirs d'enfance ! Le fait que la pension de Quairoy fût devenue une caserne confortait Olga dans son intention de perpétuer l'image d'un lieu enchanteur, aujourd'hui dévalué et souillé. Elle avait été une élève parmi d'autres dans cette institution idéale, elle en serait désormais la mémorialiste. Cette mission lyrique était à la taille de son caractère.

Elle se remit à son nouveau roman avec la

certitude que sa jeunesse à Quairoy, puis à Paris, dans le tumulte des premiers émois amoureux, représentait un thème d'une richesse inépuisable. Dès qu'elle avait mis au point un chapitre, Dimitriev le traduisait. Il ne leur fallut que trois mois pour terminer l'ouvrage. En relisant la version française, Olga reconnut que ces contes, jadis isolés, formaient, après avoir été aménagés et reliés par une intrigue commune, un ensemble agréable et cohérent.

Cette fois encore, Dimitriev se récria d'enthousiasme. *La Voleuse d'étincelles* sortit en librairie au mois d'octobre et remporta d'emblée un succès comparable à celui des *Demoiselles du château*. On parla même pour elle de l'un des prix de fin d'année. Mais les différents jurys hésitaient à couronner une dame de quatre-vingts ans. Ils préféraient encourager la jeunesse, ce qui — à l'évidence — était davantage dans leurs attributions. Citée à plusieurs reprises parmi les favoris, Olga vit toutes les récompenses lui filer sous le nez.

Cependant, elle eut droit à de nombreuses interviews et à un second passage sur le plateau de « Paragraphes ». Là encore, elle fit « un tabac », selon l'expression de M. Dieumartin, par son naturel et sa drôlerie involontaire. A la fin de l'émission, Gérard Volpi lui demanda de fredonner une romance russe. Nullement démontée, elle s'exécuta, d'une voix usée mais ferme. Tout en chantonnant les paroles des *Yeux noirs,* elle dodelinait de la tête en mesure. Boris, qui assistait à cette nouvelle exhibition de sa mère, avait de la peine à retenir ses larmes. Le lendemain, ils dînèrent au Gogol et quelques habitués vinrent féliciter Olga pour sa « prestation télévisée ». Une dame exubérante s'écria même en s'approchant de sa table :

— Un feu d'artifice ! Vous avez si bien parlé, à « Paragraphes », que vous devriez en faire votre métier ! Et puis, par votre seule présence à cette émission, vous avez réhabilité le troisième âge !

D'autres lui apportèrent des menus à signer. Caroline prétendit que, grâce à la soudaine popularité de son ex-belle-mère, le restaurant allait devenir un lieu de rencontre privilégié pour l'élite parisienne. Viviane proposa de suspendre dans la salle une grande photographie de la nouvelle coqueluche des médias pour faire pendant au portrait de Gogol. Mais Olga refusa net de s'associer à ce qu'elle appelait « un battage indigne ». Boris lui donna raison.

En la ramenant le soir à la maison, il lui dit :

— Je ne sais ce que j'admire le plus en toi : ta façon d'écrire ou ta façon de te comporter avec simplicité dans toutes les circonstances.

— L'un ne doit jamais aller sans l'autre, répondit-elle superbement.

— Tu as une sacrée chance d'avoir ce double talent !

— Ce sont les jeunes qui ont de la chance, même quand ils ne font rien de bien ! Les vieux, eux, n'ont que des regrets...

— Comment peux-tu parler ainsi ? Le succès de tes deux livres ne suffit pas à te rendre heureuse ?

— Plus ces deux livres ont de succès, plus je suis inquiète.

— De quoi ?

— De ce qui suivra cette flambée. J'ai vidé mon sac, Boris ! Je n'ai plus rien de prêt, même sous forme de brouillon.

— Eh bien, tu écriras autre chose.

— En suis-je encore capable ? murmura-t-elle en le poussant vers la porte.

Elle le fit sortir de sa chambre pour se déshabiller et se coucher. Quand elle fut au lit, elle lui cria de revenir. Il s'assit à son chevet. Elle lui saisit la main sur la couverture. C'était le meilleur moment de la journée : celui des confidences. Il n'avait pas besoin de femmes, puisqu'il l'avait, elle. A elle seule, elle remplaçait Viviane, Caroline et toutes les inconnues qu'il lui arrivait de croiser sur sa route. Elle reprit d'une voix blessée :

— Tu sais, Boris, il me semble que j'ai brûlé mes dernières cartouches. Que veux-tu que je raconte encore ? Je leur ai dit comment j'avais passé mon enfance à Quairoy, comment ma mère, veuve d'un officier de l'armée Wrangel, s'était décarcassée pour me permettre de continuer mes études, comment elle était morte, sans un sou, à l'hôpital, comment j'avais rencontré ton père... Tout le reste est d'une banalité affligeante... Voilà où j'en suis. J'ai donné deux romans qui ont trop bien marché. On en attend de moi un troisième, qui leur soit, si possible, supérieur. Et j'ai les mains vides... Au fond, je n'aurais pas dû écouter Dimitriev. Si je n'avais rien publié en français, je ne serais pas en train de me creuser la cervelle pour imaginer un nouveau bouquin digne des précédents... La vie quotidienne, obscure et douce, me suffirait. Je ne souhaiterais pas autre chose que le déroulement régulier des heures. Et me voici tarabustée, jour et nuit, par l'obsession de l'écriture... Un supplice raffiné, la goutte d'eau qui ronge le roc... Tu ne peux pas me comprendre...

— Je te comprends, maman, dit-il. Mais c'est un état passager. Le temps de trouver un sujet original pour ton prochain livre... Après tout, tu n'as pas besoin de tes droits d'auteur pour vivre décemment.

— Non, bien sûr !

— Ne te presse donc pas de reprendre la plume. Laisse les projets mûrir dans ta tête. Au moment où tu t'y attendras le moins, clac ! il te viendra une idée !

— Pas à mon âge, Boris... La fontaine est tarie. Je ne suis plus bonne qu'à rafistoler les écrits d'autrefois.

— Eh bien, tu en as encore pas mal dans tes tiroirs !

— Des broutilles, du second choix. Tout ce qui était bon, je l'ai utilisé.

Elle roula lourdement sa tête sur l'oreiller et dit encore :

— Certes, tout cela n'a aucune importance au regard de la mort qui approche d'année en année. Et cependant, il m'est pénible de penser que je vais décevoir des milliers de lecteurs après les avoir émerveillés. Même pour une vieille peau comme moi, le passage de la lumière à l'ombre est une dure épreuve...

— D'abord, tu es tout sauf une vieille peau ! s'écria-t-il. Et puis, sois tranquille, maman, même si tu cesses d'écrire, les deux livres que tu as publiés coup sur coup t'assureront une telle renommée qu'on parlera encore de toi dans dix ans, dans cent ans !

La conviction de son fils la fit sourire. Il

crut l'avoir ébranlée et revint à un espoir qu'il caressait depuis longtemps :

— Je sais, moi, le livre que tu devrais écrire pour couronner les deux précédents. Tu te plains de ne plus rien avoir à dire, mais l'essentiel tu l'as laissé de côté, jusqu'à présent.

— Et c'est quoi, d'après toi, l'essentiel ? demanda-t-elle avec une pointe d'ironie.

— La Russie, maman. Ou plutôt l'U.R.S.S. Si tu y retournais, ne fût-ce que pour quinze jours, tu recevrais un tel choc que ton inspiration en serait renouvelée. Tu rentrerais en France la tête pleine d'images sublimes ou affreuses, de pensées généreuses ou terribles, tu n'aurais de cesse que tu n'aies raconté tout cela avec la passion que je te connais. C'est ce témoignage que le public attend de toi. Tu n'as pas le droit de te dérober. Un simple voyage là-bas et tu en rapporteras un chef-d'œuvre !

A mesure qu'il parlait, le visage d'Olga se fermait, comme si son fils lui eût infligé une offense.

— Encore ! dit-elle enfin. J'ai entendu cent fois cette musique et elle ne m'émeut pas plus aujourd'hui qu'hier !

— Mais, hier, tu étais inconnue ! Aujourd'hui, tous les lecteurs ont les yeux fixés sur toi. Tu es moralement obligée de...

— Je ne suis obligée à rien du tout ! Moi seule demeure juge de mes actes. Et je ne varierai jamais dans ma résolution. Aussi longtemps que les Soviets régneront sur mon malheureux pays, je refuserai de m'y rendre. D'ailleurs, je suis trop vieille pour une pareille expédition !

Il insista :

— Je pourrais t'accompagner...

— Même avec toi, je me sentirais de trop parmi ce peuple d'esclaves, d'espions et d'athées !

— Ils ne sont pas tous comme ça... Et je suis sûr que tu recevrais chez eux un accueil très sympathique.

— Je n'ai que faire de la sympathie des gens que je méprise ! Laisse-moi dans mon coin, je t'en prie ! Tu es un brave garçon, mais ton insistance m'est désagréable.

Il se résigna. De tout temps, il avait plié devant la volonté, fût-elle absurde, de sa mère. Peut-être, du reste, avait-elle raison ? Quand on est habitué à un endroit, il est dangereux d'aller chercher ailleurs des motifs d'étonnement.

Lorsqu'il se fut retiré, après avoir échangé avec elle le baiser du soir, Olga éteignit la lampe et se prépara à dormir. Mais son esprit en alerte refusait le repos. Assise dans son lit, elle se rappelait avec amertume, avec angoisse les événements passés. Tout se tenait. La pension de Quairoy était devenue une caserne de C.R.S. et la Sainte Russie s'était transformée en U.R.S.S. Le propre de l'homme était d'accepter les bouleversements du monde comme une nécessité vitale. Mais c'était justement cette métamorphose continuelle qui blessait Olga au point le plus vulnérable de sa mémoire. Elle envia les gens dont la faculté d'oubli triomphait de toutes les nostalgies. Sa gomme à elle était trop usée pour effacer quoi que ce fût. Elle repensa au cher Quairoy de jadis, puis se demanda si elle n'avait pas connu les fastes de Saint-Pétersbourg dans une existence antérieure. Elle revoyait les rues, les monuments, les salons, les parades, les bals, alors qu'elle avait quitté la ville à l'âge de huit ans sans en rapporter aucun souvenir précis. Pourquoi Boris souhaitait-il avec tant d'obstination qu'elle y retournât ? Il n'y avait que les touristes imbéciles pour croire qu'il fallait avoir le nez sur un site afin d'en apprécier la beauté. Elle, en revanche, n'avait pas besoin de voyager pour savoir. C'était même en fermant les yeux qu'elle découvrait le mieux sa patrie. Ainsi, en cet instant, elle se trouvait à la fois dans son lit, en plein Paris, et sur un quai de la Néva, poudré de neige fraîche. La flèche de l'Amirauté brillait au clair de lune. Un traîneau passait dans un léger tintement de clochettes. Elle avait quatre ans, cinq ans. Son père la tenait sur ses genoux. Nicolas II régnait sur la Russie. Le temps s'était arrêté de couler. On était heureux, bien que rien de tout cela ne fût vrai.

La sonnerie du téléphone déchira le mirage. L'appareil se trouvait dans l'entrée. Olga y arriva en même temps que Boris. Il lui tendit le combiné. La voix de Dimitriev dans l'écouteur :

— Je ne vous ai pas réveillée, au moins ?
— Non.
— Excusez-moi de vous déranger si tard, mais je viens de recevoir un appel de Moscou...
— A cette heure-ci ?
— Oui... Mon correspondant habituel, Goussev, n'a aucune notion du temps. Il est brouillé avec sa montre...
— Que vous veut-il ?
— C'est important. Il téléphonait de la part des éditions du Progrès, dont il est le conseiller littéraire. On se propose, là-bas, de publier *Les Demoiselles du château* dans la version russe. Ce serait merveilleux...
— Pour eux, peut-être ! Pas pour moi ! répliqua-t-elle sèchement.

— Mais vous êtes d'accord sur le principe ?
— Qu'ils fassent ce qu'ils voudront ! Bonne nuit !

Et elle raccrocha, mécontente d'avoir été tirée de son rêve intemporel par une nouvelle qui aurait pu attendre le lendemain.

# DEUXIÈME PARTIE

# I

Fascinée par les images du petit écran, Olga se leva de son lit et s'assit dans un fauteuil tout près du poste de télévision, comme si elle craignait, en se tenant à distance, de perdre quelque détail du spectacle extraordinaire qui se déroulait sous ses yeux. En cette journée d'août 1991, une foule compacte avait envahi les rues de Moscou. Mais, au lieu des habituels drapeaux rouges et des effigies officielles de Marx, de Lénine et de Staline, les manifestants brandissaient des icônes, des étendards russes nationaux aux trois couleurs et des portraits du tsar Nicolas II. Après soixante-quatorze ans de cauchemar communiste, un peuple entier, s'évadant de l'esclavage, renouait dans l'enthousiasme avec la tradition. En regardant ces visages d'hommes et de femmes, résolus et fiers, en écoutant ces voix qui osaient réclamer la fin de la dictature soviétique,

Olga était prise d'un vertige chronologique. Trois quarts de siècle s'effaçaient devant elle, comme balayés par un coup de vent. Avec autant de conviction qu'elle avait renié ce pays de mensonge et d'oppression, elle saluait aujourd'hui la renaissance de *sa* Russie. Elle eût voulu être parmi ces gens, dans la chaleur et la poussière, face au Kremlin, serrer dans ses bras cette grand-mère au fichu tricoté, qui se signait en versant des larmes de joie, chanter des hymnes liturgiques avec ces jeunes gens dont un prêtre conduisait la cohorte désordonnée. Certes, les mois précédents déjà, quelques secousses avaient laissé présager la débâcle. Les premières mesures libérales du gouvernement, l'élection au suffrage universel de Boris Eltsine comme président de la Fédération de Russie, l'échec du putsch tendant à renverser Mikhaïl Gorbatchev, la démission de ce dernier de son poste de secrétaire général, la dissolution du Comité central du parti communiste, la ruée vers l'indépendance des différentes provinces, le renforcement des pouvoirs d'Eltsine, Olga s'embrouillait dans ces péripéties politiques. De ce tohu-bohu extravagant, elle ne retenait que trois choses : l'U.R.S.S. retrouvait son nom ancestral de Russie, Leningrad se préparait à être rebaptisé Saint-Pétersbourg, les frontières s'ouvraient, et les prisons, et les âmes...

Elle regrettait que Boris ne fût pas auprès d'elle pour partager son émotion devant le tableau de la multitude russe, ivre d'espoir, piétinant les débris de ses chaînes et déboulonnant les statues de ses mauvais maîtres. Elle eût souhaité que l'émission sur les troubles en Russie n'eût pas de fin. Mais déjà les « actualités télévisées » s'intéressaient à d'autres pays, à d'autres drames qui ne la concernaient pas. Elle se recoucha dans une telle agitation d'esprit que même les gouttes sédatives prescrites par son médecin ne purent la calmer. Subitement, elle ne savait plus qui elle était, où elle habitait, quel était son âge ni ce qu'elle attendait de l'avenir.

Boris dînait au Gogol. A cause de cette circonstance idiote, il avait manqué les scènes si instructives du réveil populaire russe. Dès qu'il fut rentré, elle l'appela dans sa chambre.

— J'ai vu un reportage sur les manifestations en Russie ! s'écria-t-elle. C'est stupéfiant !

— Oui, dit-il, on en a parlé au restaurant. Il paraît que ça y est : on assiste à la fin du communisme. Ce qui me frappe le plus, c'est que les gens, là-bas, après tant d'années de propagande abrutissante, aient assez de ressort pour redresser la tête.

— Je ne serai vraiment convaincue que lorsqu'ils auront expulsé Lénine de son mausolée, observa Olga.

— Ce n'est pas le plus important, maman.

— Si, Boris ! Tant qu'il sera là, momifié, dans son cercueil de verre, sa pensée diabolique continuera à faire des ravages. Je crains qu'après un sursaut de raison les générations qui ont été élevées dans le culte du marxisme universel et triomphant ne retournent à leurs erreurs. On ne se débarrasse pas en quelques jours des habitudes de toute une vie. Et puis, les gens du parti, ceux de la nomenklatura, saisiront le premier prétexte pour revenir en force. Les occasions de mécontentement ne manqueront pas. Le ravitaillement n'arrive plus. Le nombre des chômeurs augmente sans arrêt. Des milliers de vagabonds et de voyous traînent dans les rues. L'armée ne sait même pas au juste qui la commande. Que la pénurie et le désordre s'installent dans les grandes villes, et il y aura une contre-révolution conduite par les nostalgiques de la dictature communiste. Je me réjouis de la chute des Soviets, mais je me dis que rien n'est encore gagné...

— Et moi, je suis sûr que si ! proclama Boris. Tu verras, dans quelques semaines, dans quelques mois, la Sainte Russie te sera rendue. J'en ai discuté tout à l'heure avec des habitués du Gogol.

Il y avait là, entre autres, un journaliste qui revenait de Moscou. Il était entièrement d'accord avec moi : demain, les nouveaux dirigeants du Kremlin deviendront des Européens à part entière !

Il était remonté. Selon lui, même le grand-duc Vladimir, héritier officiel du trône de Russie, était convaincu que l'heure de la réconciliation avait sonné. En écoutant son fils, Olga songeait qu'une fois de plus il témoignait d'une naïveté indigne d'un homme de son âge. Il n'avait décidément pas le sens de l'équilibre. De tout temps, il s'était accroché à une jupe pour tenir debout : sa mère ou une autre femme. Emportée par ses réflexions, elle oublia un instant la Russie pour concentrer son attention sur le cas de son fils, trop confiant et trop vulnérable. Aussitôt, son angoisse familière la reprit. Que deviendrait-il lorsqu'elle ne serait plus là ? Viviane et Caroline seraient-elles de taille à la remplacer auprès de lui ? Sans partager sa vie sentimentale, auraient-elles la patience de le conseiller, de le protéger, de le guider ?... Harcelée de plusieurs côtés à la fois, elle tremblait à l'idée des périls qui menaçaient le peuple en Russie et son fils à Paris. Ces deux préoccupations, l'une patriotique, l'autre maternelle, se rejoignaient si bien qu'elle ne savait plus où donner de la tête. D'un geste machinal, elle avait éteint le poste pendant la conversation. Boris le ralluma. Des publicités absurdes défilèrent sur l'écran : la futile bimbeloterie d'une nation prospère ! Des histoires de couches-culottes, de jambon extra, de lessive miraculeuse, de parfum paradisiaque, de papier hygiénique doux comme de la soie. Et pendant ce temps-là, à Moscou, à Saint-Pétersbourg, à Kiev, on crevait de faim. Avec autorité, elle coupa de nouveau l'image et le son. Le silence revenu, elle demanda :

— Ainsi, tu es tout content de ce qui se passe en Russie ?

— Mais oui, maman !

— Pourquoi ?

— Parce que..., parce que je suis russe...

— N'es-tu pas plutôt français ?

— Moitié-moitié ! répondit-il en riant. C'est affaire de circonstances ! En ce moment, par exemple, je me sens surtout proche de ceux qui, là-bas, ont eu le courage de renverser le régime. Après le mur de Berlin, c'est le mur du Kremlin qui vient de tomber. Enfin, on respire !

Il bomba le torse et se frappa la poitrine des deux poings. Ce geste le fit ressembler au gamin qu'il avait été et qui, au retour du lycée, se vantait de ses prouesses en gymnastique. Olga se surprit à penser qu'elle était plus heureuse en ce temps-là qu'aujourd'hui. Quarante ans, cinquante ans auparavant, le problème russe était tout simple. Il y avait, au nord-est, un pays haïssable, dont les chefs étaient des assassins déguisés en hommes d'État. Maintenant, ce même pays représentait on ne savait quoi : une démocratie balbutiante, une république populaire qui se voulait libérale, une nation où les uns se réclamaient du tsar, d'autres des Droits de l'homme, d'autres encore des vertus du collectivisme ! Fallait-il faire confiance à cet amalgame d'espoirs et de regrets ou devait-on se défier des apprentis sorciers qui s'étaient emparés du pouvoir ? Face à ce phénomène insolite, les émigrés russes, inquiets, se divisaient. Boris avait beau s'abriter derrière l'autorité du grand-duc Vladimir, Olga hésitait à lui donner raison. Tout en respectant le chef de la dynastie impériale en exil, elle ne le suivait pas dans ses idées. L'optimisme de son fils lui faisait peur. Comme il se lançait dans un éloge éperdu d'Eltsine, elle l'arrêta net :

— Je me méfie de lui. C'est un moujik, un phraseur ! Et puis, il aime trop la vodka. Il a toujours l'air entre deux verres d'alcool.

Ayant lâché cette sentence, elle se prétendit fatiguée et renvoya Boris dans sa chambre. A peine fut-elle seule que son anxiété la ressaisit. Paris dormait, paisible, indifférent, sous un ciel d'été encore tout imprégné de la chaleur du jour. Un roulement assourdi montait de la rue Jacob. Ici, tout le monde avait une voiture, tout le monde mangeait à satiété. Elle se demanda quelle aurait été l'opinion de feu Nicolas II devant la métamorphose actuelle de la Russie. Certes, il eût applaudi à la chute vertigineuse du régime communiste. Mais cette revanche tant souhaitée s'accompagnait d'une recrudescence des mouvements séparatistes dans tout l'empire. En tant que garant de l'unité nationale, le tsar défunt devait se retourner dans sa tombe à l'idée de toutes les riches provinces qui, à l'instar de l'Ukraine, réclamaient leur indépendance et se détachaient, l'une après l'autre, de la mère patrie. Peut-être même, devant la dislocation de l'œuvre séculaire de ses prédécesseurs, regrettait-il la poigne de fer des Soviets qui, du moins, maintenaient la cohésion et l'intégralité du territoire ancestral ?

Assaillie par le doute, elle alla boire un verre d'eau fraîche à la cuisine. En revenant dans sa chambre, elle avisa, sur son bureau, un exemplaire de *La Voleuse d'étincelles* dans son édition moscovite. Cette publication, tombant après celle des *Demoiselles du château*, témoignait de l'ouverture d'esprit de l'élite intellectuelle de l'ex-U.R.S.S. Tout en se déclarant détachée de l'événement, Olga était sensible à l'accueil chaleureux que les journaux russes avaient réservé aux deux livres. L'éditeur lui avait fait parvenir de Moscou quelques extraits de presse pour son information. Elle les avait collés dans un album, en face des extraits de presse français. Son regard courait d'un texte à l'autre, d'une langue à l'autre, et cette juxtaposition lui semblait à la fois savoureuse et naturelle. Puis elle prit, sur un rayon de sa bibliothèque, un exemplaire de chacun de ses romans en français et les posa à côté des deux exemplaires en russe. Les volumes russes étaient imprimés sur un méchant papier, mince et jaunâtre, la typographie en était maladroite et la couverture, ornée d'une gravure sur bois, était consternante de laideur et de pauvreté. Auprès d'eux, les volumes français affichaient une perfection formelle insolente. Les premiers arrivaient d'une contrée arriérée et exsangue, les seconds proclamaient l'opulence et le goût du pays qui les avait fabriqués. Olga les contemplait avec une affection nuancée de mélancolie. Ils lui étaient également chers. Peut-être même était-elle davantage attendrie par les plus vilains. Elle se comparait à une femme veillant sur ses deux fils : l'un chétif, l'autre éclatant de santé. Bien que les aimant autant tous les deux, cette mère au cœur partagé se sentait plus attirée par celui qui avait besoin d'elle à cause de sa disgrâce que par celui qui se suffisait à lui-même parce qu'il bénéficiait des meilleurs dons de la nature.

D'une main légère, elle feuilleta les bouquins qu'on lui avait expédiés de Moscou et dont les caractères cyrilliques charmaient ses yeux et la remuaient jusqu'au ventre. A travers ces pages, elle entrait en contact avec le mystère d'un peuple dont la révolution bolchevique l'avait longtemps séparée. Puis, prenant en main l'exemplaire français des *Demoiselles du château,* elle revint en France. A cette France qui l'avait accueillie, instruite et, sur le tard, reconnue et célébrée comme un grand écrivain, elle était redevable d'une longue vie de bonheur et de confort. Incontestablement, la réalité était de ce côté-ci de la frontière. Il fallait se cramponner à cette terre hospitalière. N'y avait-elle pas, sans le savoir, poussé de douces et tenaces racines depuis tant d'années ? La Russie, c'était bon pour les songeries solitaires. Et si justement ces songeries solitaires représentaient ce qu'il y avait de plus important dans l'existence ? Si la principale nourriture de l'âme n'était pas l'action mais le rêve ? Elle envia les Français de souche, nés à Carpentras ou à Angoulême et qui, ne s'étant jamais expatriés, ne se posaient aucun cas de conscience. Sous prétexte qu'elle était une romancière à succès, russe d'origine, on la prenait pour une prophétesse. Depuis les premières grandes secousses politiques en U.R.S.S., des chroniqueurs de tous bords la harcelaient de questions indiscrètes à ce sujet. Elle leur répondait de son mieux, en évitant de trop se compromettre. Au vrai, elle en avait assez d'être ainsi interrogée, à la radio, par courrier, au téléphone... Si quelqu'un avait pu lui dire avec certitude ce qu'il fallait penser de tout cela, elle en eût été soulagée. Mais les maîtres de l'ex-U.R.S.S. ne devaient pas savoir eux-mêmes où ils allaient. Dans ce formidable chambardement, la victoire et la défaite étaient également prévisibles.

Un moment, elle se demanda s'il n'eût pas été instructif de faire un tour, le dimanche matin, comme autrefois, à l'église russe de la rue Daru pour rencontrer quelques compatriotes. Elle confronterait son opinion avec la leur, recueillerait des échos de l'émigration, prendrait le vent de l'actualité. Mais la crainte d'être irritée par la diversité même de leurs propos la retint de céder à cet instinct grégaire. Elle n'avait que faire des autres. Et pourtant, elle ne s'était jamais sentie si seule, ni aussi désorientée, au milieu d'un univers qui se décomposait et se recomposait avec la vitesse, la luminosité et l'incohérence d'une vision de kaléidoscope.

Lasse de balancer, à longueur de journée, entre trop d'hypothèses contradictoires, elle rangea les livres dans la bibliothèque, les russes accolés fraternellement aux français, se recoucha, éteignit la lampe de chevet et décida que désormais, quoi qu'il advînt, elle opposerait un mutisme farouche aux journalistes qui lui demanderaient son avis sur les dernières convulsions de la Russie.

## II

— Tu ne peux pas dire non ! s'écria Boris.
— Non, vous ne le pouvez pas ! reprirent en chœur Caroline et Viviane.

Olga les toisa d'un œil sévère et demanda sèchement :

— Et pourquoi, s'il vous plaît ?

Elle avait attendu la fin du dîner et la fermeture du Gogol pour leur faire part de son intention. Assise entre les deux femmes, face à son fils qui la suppliait du regard, elle se forçait à la détermination malgré le doute qui la rongeait. L'odeur de cuisine refroidie et de tabac qui flottait dans la salle vide lui soulevait le cœur. Elle était sûre d'avoir raison et elle le regrettait. Son caractère entier lui interdisait les hésitations, les demi-mesures.

— Enfin, maman, réfléchis ! insista Boris. Les principaux représentants de l'émigration seront là. Tu as reçu une invitation personnelle en tant qu'écrivain russe au talent reconnu en France. C'est un geste significatif de la part de la nouvelle Russie. On te tend la main. Vas-tu la repousser ? D'ailleurs, je crois savoir que le grand-duc Vladimir lui-même se rendra chez l'ambassadeur...

— Qu'il y aille, si ça lui chante ! marmonna Olga en fronçant les sourcils. Il s'est déjà précipité à Saint-Pétersbourg, dès le début, pour montrer à quel point il approuvait le... changement !

— Tout le monde a applaudi à cette démarche.

— Pas moi ! C'était trop tôt. Il fallait attendre que les dirigeants actuels aient fait leurs preuves.

— Mais ils les font chaque jour !

— Ce n'est que de l'esbroufe !

Tout en parlant, elle tournait entre ses doigts le carton d'invitation qu'elle avait reçu, le matin même, de la part de l'ambassadeur de Russie en France. Depuis l'annonce de la prochaine arrivée à Paris du président Eltsine, en visite officielle, les milieux de l'émigration étaient en effervescence, partagés entre le désir de se réconcilier avec leurs compatriotes d'au-delà des frontières et la méfiance envers un pouvoir dont la profession de foi démocratique n'était peut-être qu'un leurre. Certes, Gorbatchev avait habitué le monde occidental à l'idée que la liberté triompherait tôt ou tard dans son pays. Il avait bercé l'opinion avec les mots magiques de *perestroïka* et de *glasnost.* Mais il traînait derrière lui des relents de néo-communisme. Depuis qu'il avait dû s'effacer devant Eltsine, les choses étaient plus claires. Ce chef inattendu s'affirmait comme un personnage massif, inculte et porté sur la bouteille ; cependant, il avait du courage et un franc-parler qui inspirait confiance. Fraîchement accueilli lors de sa première apparition à Paris, l'année précédente, il y était attendu, cette fois-ci, avec curiosité et espoir, aussi bien par la majorité du peuple français que par la poignée d'exilés qui rêvaient d'une résurrection de l'ancienne Russie. Leningrad redevenant Saint-Pétersbourg, les statues des idoles communistes jetées bas, le drapeau tricolore national remplaçant le drapeau rouge, l'aigle bicéphale reconnue à nouveau comme emblème héraldique du pays..., tout cela était bel et bon. Mais Olga n'y voyait que du trompe-l'œil. Une façon comme une autre d'amuser la galerie. L'essentiel de la transformation devait se faire, jugeait-elle, non en paroles, mais dans le cœur des gens de là-bas. Et n'était-ce pas naïveté que de les croire capables de se régénérer après trois quarts de siècle de persécution policière, de propagande à haute dose, d'athéisme et d'assistanat administratif ? Si un tel sauvetage s'opérait un jour, ce ne serait pas avant plusieurs générations. En attendant, il fallait être vigilant, voire sceptique. La venue de Boris Eltsine à Paris, la semaine prochaine, n'était qu'un attrape-nigaud. Des discours pathétiques, des drapeaux déployés, des toasts, des embrassades, des fanfares et, derrière, le même chaos qu'autrefois. D'un geste résolu, Olga déchira le carton d'invitation et en dispersa les morceaux dans une soucoupe. Elle était agacée que cet aventurier d'Eltsine portât le même prénom que son fils ! Boris soupira :

— Tu es incorrigible !
— Et je m'en vante ! dit-elle, le front haut.

Au vrai, en détruisant le bristol cérémonieux de l'ambassadeur, elle avait ressenti un pincement au cœur. Comme si elle s'était, par caprice, privée d'une fête. Qui lui saurait gré d'avoir boudé cette réception ? Que gagnerait-elle à ramer à contre-courant ? Pourvu qu'elle ne fût pas la seule ! Elle espéra follement que toute la colonie russe de France suivrait son exemple.

— Nous nous contenterons donc de lire dans les journaux le compte rendu des réjouissances, murmura Caroline avec un sourire désabusé.

— Quand doit-il arriver ? demanda Viviane.

— Le 5 février, répondit Olga d'un ton abrupt.

Et la soirée de gala chez l'ambassadeur est prévue pour le lendemain. Ah ! il ne perd pas de temps, le bougre, pour se faire une clientèle !

— Il y aura foule !

Olga secoua la tête dubitativement :

— Je ne le pense pas. Je suppose que nos compatriotes de Paris réfléchiront à deux fois avant d'aller se compromettre rue de Grenelle. Ceux qui le feront devront oublier que, dans les caves de ce même hôtel particulier, les Soviétiques ont autrefois jeté et sans doute tué quelques-unes des plus nobles figures de l'émigration blanche !

Caroline parut surprise :

— A qui faites-vous allusion, mère ?

— N'avez-vous jamais entendu parler du général Koutiepoff, enlevé en plein Paris par les bolcheviks, en 1930 ? répliqua Olga. Et du général Miller, disparu en 1937, de la même façon ? Et de beaucoup d'autres ?

— Non, avoua Caroline.

Cette réponse ingénue consterna Olga. Vivait-elle dans le même monde que ces femmes à la cervelle légère ? Manifestement, son passé ne coïncidait pas avec le leur. Son fils, lui aussi, paraissait indifférent aux drames qui s'étaient déroulés jadis derrière les murs de l'ancienne ambassade. Pourtant, elle lui en avait parlé à plusieurs reprises quand il était petit. Il ne devait plus s'en souvenir. Toutes ces vieilles histoires n'avaient d'importance que pour elle. Étrange situation : son jardin secret était peuplé de fantômes et ses proches voulaient qu'elle réagît en femme d'aujourd'hui. Contemplant les débris du carton d'invitation dans la soucoupe, elle interrogea machinalement :

— Le chiffre a été bon, ce soir ?

— Excellent ! dit Viviane. Le restaurant ne désemplit pas...

— Tant mieux, tant mieux ! approuva Olga.

Elle était si loin de ces soucis de gastronomie et de gros sous qu'elle prit soudain en horreur la grande salle déserte, avec ses tables alignées, son triste éclairage de secours, son odeur persistante de plats cuisinés et son silence sépulcral de théâtre après le baisser du rideau. Puis elle songea avec rancune aux deux femmes qui régnaient sur les destinées du Gogol. « Elles font de la cuisine russe et elles sont françaises, se dit-elle, et moi je publie des livres en français alors que je suis russe. Tout cela, au fond, c'est de la triche ! » Elle respirait difficilement : la fatigue de l'âge, le repas trop copieux, les scrupules tardifs, la méfiance que lui inspiraient les relations suspectes de Caroline et de Viviane, le regret d'avoir déchiré l'invitation, la fierté de l'avoir fait malgré l'avis de son fils... Elle demanda encore un café pour se remonter. Quand Viviane revint avec la tasse, Olga somnolait, les paupières à demi closes, le menton appuyé sur la poitrine. Boris la ramena en taxi à la maison.

Assise à sa table de travail, les lunettes sur le nez, le dos rond, Olga dévorait les pages de *La Pensée russe,* hebdomadaire de l'émigration, où étaient relatés par le menu les faits et gestes du président de la Russie depuis son arrivée en France, le 5 février dernier. Sans bouger de son fauteuil, elle était de toutes les cérémonies officielles. Transportée par la pensée à l'aéroport d'Orly, elle voyait le colossal Eltsine accueilli, à sa descente d'avion, par le sec et frêle Mitterrand ; elle accompagnait les hôtes de marque au dîner de l'Élysée ; elle assistait, le lendemain, au traditionnel dépôt de gerbe sur la tombe du Soldat inconnu ; elle se rendait ensuite à l'Hôtel de Ville dont l'entrée d'honneur était décorée de drapeaux russes et français... D'après le journal, Eltsine avait parlé avec éloquence, devant Jacques Chirac et la multitude des invités, de l'amitié franco-russe renaissante et s'était déclaré ému à la pensée de la générosité dont Paris avait fait preuve autrefois en offrant asile, travail, éducation et sympathie à tous les Russes obligés de fuir leur pays lors de la révolution d'octobre 1917. Ce passage de son allocution avait été particulièrement applaudi. Olga reconnaissait que le bonhomme, tout rustaud qu'il était, avait marqué un point.

Le soir du 6 février avait eu lieu chez l'ambassadeur, rue de Grenelle, cette fameuse réception à laquelle elle avait refusé de participer. En lisant le récit détaillé de la fête, elle regretta un peu plus d'être restée chez elle au lieu de se mêler aux centaines de compatriotes qui, mettant de côté leur aversion pour ce lieu maudit, avaient répondu favorablement à l'invitation de l'ambassadeur, Youri Ryjov.

Là encore, Eltsine avait poursuivi son entreprise de charme. Face à cette cohorte de Russes francisés, il avait exalté leur courage, loin de la mère patrie, et l'obstination avec laquelle, tout en vivant sur une terre étrangère, ils avaient conservé l'usage de la langue russe, perpétué la culture et les traditions russes. Pour emporter l'adhésion de son public, il avait également évoqué la remise à l'honneur, par ses soins, des grands symboles, tels le drapeau tricolore et l'aigle bicéphale, ainsi que la merveilleuse renaissance, dans le peuple, des pratiques de la religion. Lui-même, disait-il, était issu d'une famille de paysans pieux et éprouvait, dans son âme, une double attirance pour le sol ancestral et la foi orthodoxe. Enfin il avait affirmé, selon le journaliste, que tous les Russes de France étaient frères de ceux de Russie et que les frontières leur étaient largement ouvertes s'ils souhaitaient y retourner et s'y établir.

Du coup, la défiance d'Olga se réveilla comme sous l'effet d'une chiquenaude. Elle se demanda s'il y aurait en France un seul Russe d'origine qui, renonçant à tous les avantages de la civilisation occidentale, prendrait le risque d'aller s'installer dans ce pays de mendiants, de fripons et de fous. Il fallait être né là-bas pour accepter d'y vivre. Elle se le répétait avec acharnement pour justifier, à ses propres yeux, son désir de ne pas bouger. Non, non, en se fixant sur le sol français, vers 1920, ses parents ne s'étaient pas trompés d'asile. Elle-même s'était toujours félicitée de cette transplantation, à travers toutes les vicissitudes et toutes les nostalgies. Et ce ne seraient pas les déclarations ronflantes d'un Eltsine qui ébranleraient sa conviction ! Derrière les phrases de cet homme trop bienveillant, elle subodorait une nouvelle forme de propagande.

Pour la gazette, le clou de la réception avait été

l'arrivée du grand-duc Vladimir Kirillovitch et de son épouse, avec leur suite. La ruée des journalistes et des photographes autour du chef de la maison impériale en exil avait été telle que, malgré les efforts du service d'ordre, il y avait eu une bousculade de champ de foire. Chacun voulait voir la Russie d'hier serrant la main de la Russie d'aujourd'hui. Après avoir échangé quelques mots de congratulation réciproque, les hôtes de qualité et le président s'étaient retirés dans une pièce voisine, dont l'entrée avait été interdite à la presse. Grâce aux indiscrétions de leurs proches, on apprenait que cette pièce était ornée de l'aigle bicéphale et qu'un diplomate avisé avait dit au grand-duc, en lui désignant ce décor placé sous l'égide du blason des Romanov : « Vous n'aurez rien à y changer ! »

Était-il possible que le grand-duc Vladimir, homme de droiture et de bon sens, crût sincèrement à la possibilité d'une restauration monarchique ? N'était-il pas en train de se faire embobiner comme un enfant par les promesses d'un marchand d'illusions ? Selon *La Pensée russe,* cette rencontre avait été riche d'heureuses perspectives. Tout le monde misait sur la réconciliation et la résurrection nationales.

Agacée par cette candeur unanime, Olga tourna les pages du journal, parcourut distraitement quelques titres et tomba sur les petites annonces : « Jeune fille russe cherche place de bonne d'enfants... » « Jeune homme russe se chargerait de travaux à domicile... » « Toutes besognes domestiques par homme de quarante ans en bonne santé et débrouillard... » Ces demandeurs d'emploi étaient d'anciens Soviétiques qui s'étaient fixés en France, plus ou moins illégalement, avec un visa de tourisme. Certains proposaient des billets de retour en Russie à bas prix. Ils discréditaient la vraie émigration, celle des descendants des Russes blancs d'autrefois. Venus sur le tard, ces transfuges du « paradis communiste » étaient de trop. Des intrus, des perturbateurs, peut-être même des traîtres. Ils devaient rentrer chez eux. C'était à ces gens-là que le discours d'Eltsine pouvait paraître alléchant. Pas à ceux qui avaient fait leurs études, leur carrière, leur destin en France. Ceux-là étaient des citoyens d'une espèce particulière. Ni tout à fait français ni tout à fait russes, ils avaient choisi de vivre en France tout en chevauchant des rêves de Russie.

Au bas de la page, un placard publicitaire lui sauta aux yeux : « Restaurant *Le Gogol*. Plats russes dans une ambiance russe. Prix modérés. Accueil cordial. » Ce fut comme un rappel à l'ordre. Ses hésitations se dissipèrent. Elle songea qu'elle était plus à sa place dans ce restaurant faussement russe de Paris qu'elle ne l'eût été dans un établissement authentiquement russe de Moscou ou de Saint-Pétersbourg. D'un seul élan, elle s'arracha de son fauteuil et alla frapper à la porte de la salle de bains, où son fils, qui se levait de plus en plus tard, achevait sa toilette.

— Qu'est-ce que tu fais ce soir ? demanda-t-elle à travers le battant.

Le bruit de l'eau s'arrêta.

— Je ne sais pas encore, répondit Boris d'une voix traînante. J'irai probablement dîner au Gogol...

— J'irai avec toi.

Eltsine s'étant décidé enfin à regagner les brumes et le froid de Moscou, Olga croyait que plus rien ne viendrait perturber le cours de ses pensées lorsque les journaux annoncèrent le décès inopiné, survenu le 21 avril 1992 à Miami, en Floride, pendant une conférence de presse, du grand-duc Vladimir. L'émigration russe en France prit le deuil de ce descendant d'un cousin germain de Nicolas II. Alors que de sourdes discussions s'engageaient dans les milieux de la noblesse pour savoir qui devait légitimement remplacer le défunt comme chef de la maison impériale, on apprit que la Russie accordait à cet héritier des tsars le droit d'être inhumé, comme la plupart de ses ancêtres, à Saint-Pétersbourg, dans une chapelle de la forteresse Saint-Pierre-et-Saint-Paul. Un tel honneur avait d'ailleurs été sollicité par lui dans ses dernières volontés.

La cérémonie eut lieu le 29 avril 1992. En lisant le compte rendu des funérailles dans *La Pensée russe,* Olga ne put se défendre d'un léger malaise. Le journaliste se répandait en détails pittoresques sur ce retour d'un Romanov parmi les dépouilles mortelles de ses aïeux. Un des caveaux vides de la chapelle des grands-ducs, dans la forteresse Saint-Pierre-et-Saint-Paul, avait été rouvert et aménagé, tandis qu'un premier office était célébré à la cathédrale Saint-Isaac. Le patriarche de Moscou s'était dérangé pour l'occasion. Dans l'après-midi du 29 avril, le cercueil était dirigé vers la citadelle sacrée. Assistaient à l'ultime bénédiction la grande-duchesse Maria Vladimirovna, fille unique de feu le grand-duc et théoriquement héritière du trône, son fils le grand-duc Georges Mikhaïlovitch, âgé de onze ans, la grande-duchesse Leonida Georgievna, veuve du grand-duc Vladimir, ainsi que des proches, des amis du disparu, de nombreuses personnalités aristocratiques et des membres de l'Union impériale de Russie, venus de plusieurs villes souvent éloignées de Saint-Pétersbourg.

Ce large mouvement autour d'un homme qui n'avait régné qu'en principe sur une infime colonie d'émigrés paraissait à Olga disproportionné et anachronique. Elle estimait en outre que le grand-duc Vladimir, figure symbolique des réfugiés de son pays, aurait dû être enterré dans le cimetière national et fraternel de Sainte-Geneviève-des-Bois, dans l'Essonne.

Comme d'habitude, Boris fut d'un avis opposé. On eût pu croire qu'il aimait à contredire sa mère pour affirmer, vaille que vaille, son originalité et son caractère. En revenant du Gogol, où il avait passé la soirée, il raconta qu'il avait eu une longue conversation avec Dimitriev à ce sujet et que celui-ci l'avait convaincu. Selon le traducteur attitré d'Olga, l'initiative du maire de Saint-Pétersbourg, Sobtchak, était un témoignage supplémentaire des nobles dispositions du nouveau régime, qui cherchait, par tous les moyens, à renouer, dans la sérénité et la dignité, avec l'Histoire de la patrie. L'exaltation de Boris irrita Olga. Elle trouva qu'il avait les pommettes trop rouges et qu'il sentait l'alcool. Quelle était la vie de ce grand dadais désœuvré ? Manger, boire, traîner dans sa boutique, discuter à perdre haleine et compter sur ses deux femmes pour faire rentrer de l'argent, grâce à leur travail au Gogol... Pas de quoi être fier, ni pour la mère ni pour le fils ! Elle haussa les épaules :

— Tu gobes tout ! Et Dimitriev est une girouette ! Vous avez autant de cervelle l'un que l'autre !

Il protesta :

— Tu es injuste, maman ! Injuste et entêtée ! N'est-ce pas une belle idée que de permettre au dernier représentant des tsars de rejoindre, dans une crypte de la cathédrale, les cendres de tous les Romanov depuis Pierre le Grand ?

— Il y manque encore Nicolas II, le tsar martyr, massacré avec sa famille par les bolcheviks et dont la dépouille a été enfouie, à la va-vite, quelque part du côté de Iekaterinbourg ! répliqua-t-elle. Puisque lui n'a pas eu droit à un refuge chrétien auprès de ses aïeux, ce n'est pas au grand-duc Vladimir de bénéficier de cette faveur dérisoire octroyée par les fils des assassins !

Sans démordre de son idée, Boris faiblit quelque peu et insinua :

— Après avoir déchiré, il faut savoir recoudre...

— Voilà que tu compares la politique à de la couture, maintenant !

— Mais oui, maman. A trop vivre avec le passé, on néglige le présent. C'est malsain !

— A ton âge, peut-être. Pas au mien !

Et, plantant là son fils tout penaud, elle alla se coucher. Elle croyait avoir sommeil. Mais l'image de cette sépulture russe officielle accordée au grand-duc Vladimir la tourmenta une partie de la nuit. Elle rêva qu'Eltsine en personne venait la trouver dans sa chambre pour lui offrir d'être enterrée à Moscou, au cimetière Novodievitchi, à côté de son auteur favori, Tchekhov. Éveillée en sueur, le cœur tremblant, elle ralluma sa lampe de chevet. Son cauchemar était si précis qu'elle s'étonna de ne pas voir le visiteur insolite debout au pied de son lit, avec son corps massif et son épais visage au sourire malin, tel qu'il était apparu vingt fois à la télévision. A demi inconsciente, elle s'entendit prononcer d'une voix forte :

— Ne comptez pas sur moi, camarade président !

Puis, constatant qu'elle avait parlé en français, elle répéta sa phrase en russe. Mais Eltsine n'était plus là. Peut-être même n'était-il jamais venu ? Elle n'en eut pas moins, en se rendormant, la satisfaction de lui avoir rivé son clou.

## III

Trop tôt pour la clientèle. Le personnel dînait posément et discrètement à une table, au fond du restaurant. Viviane, Caroline et Boris s'étaient installés loin des employés, dans un recoin sombre, à côté du vestiaire, pour boire un peu de vin blanc en attendant l'arrivée des premiers habitués. Un même souci les agitait. Viviane prétendait que, pour égayer les soirées du Gogol, il serait habile d'engager un petit orchestre russe, les Katchalov : un guitariste, un joueur de balalaïka, un accordéoniste, un baryton et une soprano. Elle les avait entendus lors d'un concert de chansons populaires et se disait persuadée qu'ils mettraient beaucoup d'ambiance dans la maison. Caroline n'était pas hostile à cette suggestion, mais Boris hésitait à se prononcer.

— Il faut d'abord demander à ma mère, dit-il timidement.

Viviane bondit :

— Je ne vois pas pourquoi ! Ce n'est pas elle qui fait marcher le restaurant ! C'est à nous seuls de décider !

— Tout de même, elle a son mot à dire ! soupira Caroline, qui était d'un naturel conciliant.

— Je peux voir ça avec elle dès ce soir, proposa Boris. Il faut tâter le terrain, préparer la chose délicatement...

— Vous prenez trop de gants, tous les deux, avec Olga ! grogna Viviane. Si vous la laissez faire, elle vous mènera toujours par le bout du nez !

Coincé entre sa mère et ses deux femmes, Boris tenta de biaiser :

— Elle a du bon sens... La moindre des politesses serait de la consulter. Après, nous ferons ce que nous voudrons...

Viviane le cingla d'un regard soupçonneux :

— Je parie que tu lui as déjà parlé !

— Non, non, jura Boris.

En vérité, il n'avait pu s'empêcher de faire allusion devant sa mère, la veille, à ces artistes russes qui avaient tant plu à Viviane. Mais il était resté dans le vague. Rien ne lui avait échappé à propos d'un éventuel engagement des Katchalov au Gogol. Ainsi, tout en ayant effleuré le sujet, il se sentait la conscience tranquille.

— Moi, trancha Viviane, j'estime que la seule façon d'agir avec Olga, c'est de la mettre devant le fait accompli !

A cet instant précis, la porte du restaurant s'ouvrit et Olga parut, lourde et lente, sur le seuil. Boris se dit que sa mère avait une prescience démoniaque des événements. Elle subodorait tout avant tout le monde. Il se leva, le front coupable, pour l'accueillir. Elle irradiait la bonhomie.

— J'avais une course à faire dans le quartier, dit-elle en s'asseyant à la table, où elle but une gorgée de vin dans le verre de son fils. J'ai pensé à vous rendre visite en passant. Tout va bien ?

— On ne peut mieux ! répliqua Viviane. Nous sommes sur le point de prendre une grande décision.

Et elle exposa à Olga le projet d'attraction auquel ils avaient songé. Dès les premiers mots, Olga se gonfla du jabot et fit un œil de souveraine. Quand Viviane se tut, elle proféra d'un ton coupant :

— Absurde, ma chère ! Vous allez couler le Gogol avec votre innovation à la gomme ! On ne viendra plus chez vous pour la qualité de la cuisine, encore qu'elle soit fort discutable, mais pour les rengaines de quelque racleur de balalaïka !

— Vous n'aimez pas la musique de votre pays ? ironisa Viviane.

— Si, ma petite ! Mais pas dans un restaurant ! Je respecte trop la vraie Russie pour apprécier les faux cabarets russes ! Ce que vous voulez installer ici, c'est du bastringue, de la frime, de la couleur locale pour les gogos, du folklore au rabais !

— Acceptez au moins d'entendre les Katchalov...

— Je n'ai pas besoin de les entendre pour les juger. Et vous avec eux ! Si vous les faites venir, il ne vous restera plus qu'à appeler cet endroit *Le Gogol's Bar*...

Ayant tranché, Olga eut un sourire méprisant et promena sur ses interlocuteurs un regard si indigné, si furibond que tous trois, sans se concerter, éclatèrent de rire.

— Ne vous fâchez pas, mère, dit Caroline. C'est une idée qui nous est venue en vous attendant. Mais on peut discuter...

Boris sentit qu'en trois phrases sa mère avait retourné la situation. Elle le fascinait et l'effrayait, tel un phénomène de la nature aux violences imprévisibles. On eût dit qu'elle avait besoin d'éclater de colère, de temps à autre, pour se purger la bile. La tempête passée, elle redevenait toute douceur, toute tolérance. Particulièrement si elle avait obtenu gain de cause. Cependant, Viviane ne lâchait pas encore prise. Elle aussi était coriace :

— Il ne coûte rien de faire un essai...

— Un essai qui, très vite, vous perdrait de réputation ! s'écria Olga.

— Auprès de qui ?

— Auprès de vos meilleurs clients ! Les vrais amateurs de cuisine russe iraient la chercher ailleurs et vous ne pourriez plus compter que sur les noctambules et les touristes. D'autant que, pour payer vos musiciens, vous seriez obligées d'augmenter les prix de votre carte ! Non, non, tout cela est une aberration qui m'étonne de votre part. C'est bien simple, si vous faisiez cette sottise, je ne remettrais plus les pieds chez vous !

Elle s'était renversée contre le dossier de sa chaise, la poitrine rebondie et le menton ravalé dans une expression de défi.

— Soit, dit Boris avec diplomatie, n'en parlons plus... Après tout, maman a peut-être raison. A quoi bon changer la formule du Gogol, puisque ça marche comme ça ?

Caroline approuva :

— Mais oui... Il vaut mieux soigner la cuisine que les fla-fla... Et puis, c'est vrai, un groupe musical ici entraînerait des frais. On passerait dans une autre catégorie...

Viviane, à son tour, capitula :

— Vous êtes tous des timorés, dit-elle. Ah ! les sacro-saintes habitudes ! On ne vous sortira pas de votre ornière !

— Tu oublies que cette ornière est un fameux filon, observa Boris en prenant la main de Viviane et en la portant à ses lèvres.

Il espérait ainsi finir d'amadouer cette femme de caractère. Et, en effet, elle lui sourit, désarmée. Il en fut heureux comme si elle lui eût de nouveau ouvert son lit.

— Vous resterez bien dîner avec nous, Olga ? demanda-t-elle aimablement.

— Volontiers, répondit Olga. A condition que vous me promettiez qu'il n'y aura pas de balalaïka !

— Je vais faire préparer votre table, dit Viviane en s'éloignant.

L'incident était clos. Boris respira à pleins poumons. Il lui sembla que l'air du restaurant était devenu aussi pur que celui des montagnes. Quand Caroline se fut éclipsée à son tour pour aller surveiller le travail à la cuisine, il chuchota, penché vers sa mère :

— Qu'est-ce qui t'a donné l'idée de venir, ce soir ?

— Mais toi, mon chéri !

— Je ne t'avais rien dit de cette histoire de dîners en musique !

— Non. Seulement ton regard avait parlé pour toi. Je sentais qu'une grosse bêtise se préparait dans mon dos. Alors, j'ai pris les devants. J'ai couru au plus pressé...

Elle se pinça le nez légèrement entre le pouce et l'index et ajouta :

— Cela s'appelle le flair ! Tu regrettes que j'aie deviné vos intentions ?

— Oh ! non, maman !

— Tu es content que tout reste en état ?

— Très content !

— Vois-tu, mon petit, dans la vie il ne faut jamais se fier aux chemins de traverse. Quand tu es sur une route à grande circulation, évite d'en changer...

— Mais toi, maman, tu as bien changé de route, puisque tu n'étais connue de personne et que maintenant tu es célèbre !

— Ce n'est pas moi qui ai changé de route, dit-elle gravement. C'est Dieu qui m'a poussée aux épaules. Si je n'avais pas vécu mes années d'enfance à Quairoy, je n'aurais pas eu la tentation de les raconter dans un livre et je serais aujourd'hui une vieille femme solitaire qui étale des patiences pour tromper le temps. Tout s'est passé en dehors de ma volonté, je t'assure. Et je n'en suis pas plus heureuse pour autant. Le bonheur est dans le cœur de chacun, non dans les circonstances extérieures. Un vrai Russe n'a pas besoin de balalaïka pour rêver à la Russie. Et maintenant, viens, j'ai le ventre aussi creux qu'un loup des steppes !

Elle s'appuya au bras de Boris pour gagner la table que Viviane leur avait réservée. A peine eurent-ils passé leur commande que les premiers clients arrivèrent.

## IV

Après la brève apparition d'Eltsine à Paris, l'intérêt des Français pour la Russie prit des proportions telles qu'Olga les jugea démesurées. On eût dit qu'un rideau de pourpre venait de se lever sur un royaume mystérieux et captivant. Les Européens les plus casaniers furent saisis par la fièvre de la bougeotte. Chacun voulait aller se rendre compte sur place des changements qui s'étaient opérés, en si peu de temps, dans l'ex-U.R.S.S. Tout ce qui émanait de cette contrée singulière, en proie aux soubresauts de l'enfantement, excitait l'imagination des foules capitalistes. Les agences de voyages croulaient sous les demandes de billets pour Saint-Pétersbourg et pour Moscou ; des tableaux russes modernes, réputés invendables, trouvaient acquéreurs aux enchères publiques ; les stands spécialisés du marché aux puces liquidaient joyeusement leurs stocks de fausses icônes ; le Gogol refusait chaque soir des clients affamés d'exotisme slave et même Boris voyait entrer dans son magasin, d'habitude désert, des curieux au regard fureteur qui cherchaient de vieux bouquins édités au pays de Tolstoï et de Dostoïevski. Afin de répondre à cet engouement pour tout ce qui était russe, Viviane et Caroline ajoutèrent à leur carte de la *solianka,* soupe de poissons relevée avec des câpres, des cornichons coupés en rondelles, des oignons hachés menu et des herbes aromatiques. Ce fut Olga qui donna au chef la recette de ce plat étrange et savoureux. Il le réussit assez bien dès la première fois. Les clients l'apprécièrent. On baptisa cette spécialité « solianka à la façon d'Olga ». Elle en fut presque aussi fière que d'un article élogieux sur un de ses livres. Elle consentit également à fournir aux cuisines sa propre recette des pirojkis, petits pâtés chauds farcis de viande, de poisson ou de chou, qu'elle avait jusque-là tenue secrète. C'était, pensait-elle, son apport personnel à la célébration du renouveau en Russie.

Cependant, plus elle entendait parler autour d'elle de projets d'expéditions touristiques au « pays de tous les espoirs », plus ce remue-ménage politico-sentimental l'agaçait. Un matin du mois de mai, elle reçut un coup de téléphone de deux vieilles amies, Katia et Véra, qu'elle avait connues au pensionnat de Quairoy. Elle les voyait de loin en loin pour évoquer en leur compagnie le bon temps de l'insouciance, de l'espièglerie et des tabliers bleus. Or, cette fois-ci, Katia et Véra lui parurent, au bout du fil, plus remontées que d'habitude. La raison en était simple : elles revenaient d'un « tour organisé » de deux semaines en Russie et affirmaient avoir « une foule de choses à raconter ». Olga les invita à prendre le thé chez elle, le lendemain.

Elles arrivèrent un quart d'heure en avance, dans un état d'exaltation qui n'était plus de leur âge. Katia, une grande bringue anguleuse, et Véra, une boulotte frisottée, étaient les contemporaines d'Olga, mais elles prétendaient à une verdeur persistante. Habillées de couleurs claires, le cheveu teint, le museau maquillé, elles refusaient de vieillir. D'ailleurs, le seul fait qu'elles se fussent lancées, tête baissée, dans l'aventure d'un pèlerinage en Russie prouvait qu'elles ignoraient les craintes et les fatigues dont souffraient habituellement les octogénaires. A peine assises devant les tasses de thé et les petits fours, elles se jetèrent, en se coupant mutuellement la parole, dans le récit de leurs exploits. Les yeux brillants, la bouche volubile, elles déballaient leur enthousiasme avec une naïveté de jeunes mariées débarquant d'un voyage de noces. Tout leur avait plu, là-bas. Elles célébraient, pêle-mêle, les beautés architecturales de Saint-Pétersbourg, les trésors du musée de l'Ermitage, la poétique intimité de la maison de Pouchkine, les splendeurs orientales du Kremlin... Les gens dans la rue étaient, disaient-elles, à la fois sympathiques et pitoyables. Elles s'attendrissaient sur les files d'attente à la porte des magasins vides, s'indignaient du nombre des ivrognes et des mendiants, déploraient l'état de délabrement des immeubles... Mais il suffisait d'une soirée au théâtre Bolchoï pour racheter toutes ces horreurs !

Olga les écoutait avec ennui. Rien de nouveau là-dedans. Tous ceux qui revenaient de Russie dévidaient la même litanie. Il lui semblait que, plus on cherchait à l'attirer vers ce pays mythique, moins il présentait d'intérêt à ses yeux. En vérité, autant elle était excitée lorsque ses deux amies lui rappelaient certains épisodes de leur vie d'écolières à Quairoy, autant elle se sentait imperméable à leurs extases ambulatoires. A plusieurs reprises, elle tenta de les ramener vers leurs souvenirs communs. D'un ton détaché, elle citait le nom d'une surveillante qui, jadis, les faisait rire sous cape, parce qu'elle portait toujours un crayon enfoncé dans son chignon, ou bien elle évoquait cette partie de volley-ball au cours de laquelle Katia s'était tordu la cheville... Peine perdue. La magie n'opérait plus. Au lieu de s'élancer avec elle sur la piste des réminiscences juvéniles, les deux visiteuses retournaient, invariablement, à leur récente expérience de la Russie. A l'évidence, ce qu'elles y avaient vu avait effacé le reste. Oublieuses de leur belle enfance, elles se gargarisaient de leurs stupides impressions de touristes. Elles ne se rendaient pas compte qu'en se détournant de leur passé elles perdaient au change. Soudain, Olga les détesta pour leur conformisme. Dociles aux courants de la mode, elles avaient trahi Quairoy pour Saint-Pétersbourg et Moscou. Déjà, elle les écoutait à peine et lorgnait sa montre-bracelet en espérant leur prochain départ.

Par malchance, Boris arriva alors qu'elles étaient sur le point de prendre congé. Aussitôt, elles rebondirent dans des commentaires hyperboliques. Il buvait leurs paroles avec une avidité de novice. Olga supportait difficilement les mines émerveillées de son fils. Elle prit le parti de se taire ostensiblement devant l'exhibition de ses amies d'internat. Une exclamation de Katia la tira de son mutisme réprobateur :

— Je t'assure, Olga, que tu devrais faire

comme nous ! Quinze jours là-bas, et tu reviendrais transformée !

— Je ne tiens pas à me transformer, dit Olga en se levant pour signifier que l'entretien était clos.

Elle raccompagna Katia et Véra à la porte en se promettant de ne plus jamais les revoir. Pour un peu, elle leur eût reproché d'être passées dans le camp des traîtres. Quand elles l'embrassèrent sur le seuil, elle eut l'impression de recevoir le baiser de Judas.

Boris n'était venu à la maison que pour proposer à sa mère de dîner avec lui au Gogol. Elle refusa tant elle éprouvait le besoin de se trouver seule après cette épreuve de vérité. Il repartit sans même se douter du trouble où il la laissait.

Elle dîna en pénitente, servie par Alicia. Tout en chipotant un restant de viande froide dans son assiette, elle songeait à la bizarrerie de son attitude devant les événements internationaux. Il lui semblait qu'elle était plus tranquille, et même plus heureuse, à l'époque où l'U.R.S.S., raidie dans une hostilité dogmatique envers l'Occident, attirait peu de voyageurs. Maintenant que la Russie ouvrait grand ses portes, elle répugnait à s'y engouffrer. Trop de touristes se ruaient là-bas pour qu'elle fût tentée de grossir leur nombre. Sans oser l'avouer, elle regrettait les barrières, les interdits d'autrefois, qui dissuadaient l'afflux moutonnier des gogos. Elle avait déjà connu cette sorte de désillusion lors d'un séjour à la montagne. Un pic, réputé inaccessible, venait d'être équipé d'un téléphérique. A l'idée que désormais n'importe qui pourrait se hisser sans effort, pour le prix d'un ticket, jusqu'aux splendeurs solitaires de l'altitude, elle avait blâmé cette commodité qui, en mettant l'aventure à la portée du dernier des « vacanciers », insultait à la majesté des cimes.

Remarquant qu'elle avait à peine touché à son repas, Alicia observa timidement :

— Vous n'avez pas faim, madame ?

— Non, avoua-t-elle. Ces deux idiotes m'ont coupé l'appétit !

Et soudain, apostrophant la domestique, elle grommela :

— Vous avez entendu ce qu'elles ont dit sur la Russie ?

— Un peu, madame... Un mot par-ci, un mot par-là, pendant le service... C'était intéressant !

— Un tissu d'âneries !

— Oui, madame...

— Elles n'ont pas vu l'envers du décor !

— Certainement...

— Vous aimeriez, vous, aller en Russie ?

— Je ne sais pas, madame... Je n'y ai jamais pensé... D'ailleurs, je n'aurais pas les moyens...
— Très bien ! Laissez cette lubie aux autres !

Alicia l'écoutait, les bras ballants, l'œil vide. Une brave fille, travailleuse et peu bavarde. Olga l'envia d'être trop simple pour avoir des tourments de conscience. Touchée par la pâle docilité de la servante, elle lui demanda, à brûle-pourpoint, des nouvelles de son fils, Michel, qui avait douze ans. Alicia parut flattée de l'intérêt que Madame témoignait à l'égard de sa vie privée. Michel était sage et étudiait bien en classe, mais il avait de mauvaises fréquentations parmi les gamins du quartier. Olga feignit d'en être affectée et lui donna des conseils de vigilance, ce dont Alicia la remercia avec effusion. En sortant de table, Olga s'aperçut qu'elle avait pris plaisir à cet échange de confidences avec son employée de maison. Cela lui donna la mesure de sa solitude.

Quand Alicia fut partie, Olga s'astreignit à relire les épreuves d'une plaquette qui devait sortir au mois de juin prochain. C'était un recueil de souvenirs sur son père et sa mère. De brefs tableaux de la vie quotidienne au sein d'un groupe d'émigrés. Ces textes, qu'elle avait rédigés jadis à la va-vite pour une revue russe de Paris, *La Renaissance,* étaient passés inaperçus à l'époque. Dimitriev les avait colligés, agencés et traduits avec l'habileté d'un vieux routier de l'édition. L'ensemble comptait cent pages à peine, d'un ton humoristique et mélancolique à la fois, et s'intitulait : *28, rue des Belles-Feuilles* — la première adresse des parents d'Olga, lors de leur arrivée à Paris, en 1920. Sans croire au succès d'un si léger opuscule, elle était contente de l'avoir exhumé sur les instances de Dimitriev. Même s'il n'intéressait que médiocrement le public, ce discret hommage au bonheur familial méritait, pensait-elle, de figurer parmi ses ouvrages.

Elle changea trois mots, marqua un alinéa indispensable sur la dernière page, rangea les feuillets dans un tiroir et ne put résister à la tentation de sortir du tiroir voisin l'album de photos consacré à Quairoy. Pour la centième fois, elle se revit en fillette, en adolescente et s'étonna d'avoir troqué, avec le temps, ce visage lisse et cette silhouette élancée contre le masque fané et le corps déformé de la vieillesse. Toilettes et coiffures démodées, poses aguicheuses, les seins qui pointent déjà, la soif de vivre dans les yeux et dans le sourire... Deux ans après sa sortie du pensionnat, elle allait épouser Victor Delorieux. Elle avait oublié qu'elle était presque jolie à cette époque. Et comme elle paraissait impatiente d'affronter les surprises et les combats de l'existence ! Qui sait si, à vingt ans, à vingt-cinq ans, elle n'eût pas été tentée de se rendre en Russie à l'exemple de Katia et de Véra ?

Qu'elle le voulût ou non, tout la ramenait à ce pays livré aux convulsions. Le meilleur et le pire pouvaient jaillir de l'infernale marmite russe. Sainte Russie ? Maudite Russie ? Cette question essentielle la frappa comme la foudre. Elle se dit qu'elle devait, à tout prix, écrire un livre de réflexions qui s'intitulerait ainsi : *Sainte Russie ou Maudite Russie ?* Mais ne serait-ce pas un sacrilège ? Une peur panique la pénétra. Elle se signa, tournée vers l'icône. Le calme revint en elle après ce geste pieux. Pourtant, elle ne se décidait toujours pas à se mettre au lit. Elle redoutait le noir, le sommeil, les rêves...

Au milieu de ce flottement, elle songea qu'elle eût été plus étrangère sur sa terre natale qu'elle ne l'était à Paris. Oui, sa vraie patrie, ce n'était pas l'immense et mystérieuse Russie d'au-delà des frontières, mais la petite communauté des émigrés de France. Peu importait le lieu où elle avait vu le jour, ce qui comptait, c'était le lieu où elle avait grandi, où elle était devenue femme et mère, où bientôt, sans doute, elle mourrait. A partir de là, il lui apparut que sa longue vie d'apatride — ni tout à fait russe, ni tout à fait française — n'avait été qu'un défi au bon sens.

Quand elle entendit la clef de Boris tourner dans la serrure, elle se crut délivrée de l'angoisse. Elle l'accueillit, assise dans son fauteuil habituel, devant sa table de travail dont les tiroirs étaient restés ouverts. Elle les referma prestement, comme s'ils eussent contenu un secret qui n'avait de prix que pour elle. En scrutant son fils, elle lui trouva l'air joyeux d'un conscrit revenant d'une libation avec des camarades. Ses yeux brillaient, sa bouche riait. Peut-être avait-il trop bu ?

— J'ai une grande nouvelle à t'annoncer! s'écria-t-il sans même lui laisser le temps de le questionner. Viviane et Caroline ont décidé de partir pour la Russie cet été, pendant la fermeture du restaurant.

Olga tressaillit, glacée de la racine des cheveux à la pointe des orteils. La respiration lui manquait.

— Tu iras avec elles ? balbutia-t-elle enfin.

— J'aurais bien aimé. Mais ce n'est pas possible...

— Pourquoi ?

— A cause de toi, maman... Je ne veux pas te laisser seule...

Elle ferma les yeux sous le choc du bonheur. Une onde de gratitude refluait dans sa poitrine. Mais elle se raidit :

— Je n'ai besoin de personne... Je saurai très

bien me débrouiller en ton absence... Combien de temps durera ce voyage ?

— Trois semaines.

— Eh bien, c'est plutôt court ! Vas-y, Boris, puisque ça te plaît ! Je te le demande... Va, va, mon garçon !

Sa grandeur d'âme l'étonnait. Elle se forçait à paraître gaillarde, tandis qu'elle défaillait de crainte à l'idée qu'il pût la prendre au mot. Cependant, de toute évidence, c'était un bon fils. Une loche peut-être, mais avec un cœur d'or. Sans quitter sa mère des yeux, il hochait la tête de gauche à droite.

— Non, dit-il d'un ton résolu. Loin de toi, je ne serais pas tranquille.

— Tu aurais bien tort : je suis solide comme un roc !

— On ne l'est jamais vraiment à ton âge. S'il t'arrivait quelque chose...

— J'ai des amis... J'ai Alicia...

— N'insiste pas, maman. Je peux très bien me passer de cette expédition ! Je n'en ai même plus tellement envie...

Elle lui saisit les deux mains et l'obligea à s'agenouiller près d'elle. La tête de Boris reposait maintenant sur ses genoux. Elle lui caressait les cheveux à pleins doigts et sentait son souffle tiède sur ses cuisses, à travers l'étoffe de la robe.

Jamais la puissance royale de la maternité ne lui était apparue avec autant de certitude. A quatre-vingt-deux ans, elle venait de mettre au monde un homme qui la préférait à toutes les femmes. Ils restèrent un long moment silencieux, unis dans la chaleur et l'odeur d'une communion animale. Les temps bénis de l'enfance étaient revenus pour eux à l'âge des rhumatismes et des regrets. Viviane et Caroline avaient disparu dans une trappe. Qu'elles se précipitent donc à Moscou, à Saint-Pétersbourg, au bout du monde, ces deux gouines, et grand bien leur fasse ! Au comble de l'émotion, Olga énonça d'une voix douce :

— Ne regrette rien, Boris. Un jour, nous irons en Russie tous les deux, toi et moi. Je te le promets !

Il ne releva même pas le front. La face enfouie dans la jupe de sa mère, il demanda, comme lorsqu'il était petit et qu'elle lui promettait une séance de cirque :

— Quand ça, maman ?

— Je ne sais pas encore, répondit-elle prudemment. Rien ne presse. Il faut que je m'habitue à ce projet si nouveau pour moi... Tu as ma parole. Que te faut-il de plus ? Bientôt, bientôt, Boris, nous partirons ensemble...

Elle dodelinait de la tête et des larmes coulaient sur ses joues. Au point de désarroi où elle était parvenue, elle n'aurait su dire si elle était heureuse de cette complicité retrouvée avec son fils ou malheureuse de lui avoir cédé.

## V

Déjouant tous les pronostics, le mince volume intitulé *28, rue des Belles-Feuilles* eut droit, lui aussi, à un accueil triomphal. Le public s'engoua d'emblée pour ces brefs récits, faciles à lire, qui laissaient dans la mémoire une trace nostalgique, ironique et douce. Les libraires, ravis, débitaient les exemplaires de l'ouvrage comme des petits pains. Au Mouton Noir, on pavoisait. Le chiffre croissant des ventes donnait le vertige au directeur, M. Dieumartin. Quant aux critiques littéraires, d'habitude méfiants devant les gros tirages, ils étaient unanimes à louer la subtilité et la simplicité d'Olga Kourganova, dont l'art, disaient-ils, s'apparentait à celui de Tourgueniev. Certains allaient même jusqu'à écrire qu'elle avait conféré ses « lettres de noblesse » à la modeste communauté de l'exil des années vingt. Un chroniqueur la surnomma « la babouchka des

Russes blancs ». Un autre lui décerna le titre de « grand-mère gâteau de l'immigration ». Olga recevait ces hommages avec surprise et reconnaissance. Étant parvenue à la célébrité sur le tard, elle n'était pas blasée. Mais la formule « grand-mère gâteau de l'immigration » l'agaçait un peu. Toute sa vie durant, elle s'était considérée comme une « émigrée », et voici maintenant que, pour les Français, elle était une « immigrée ». Pourquoi un tel changement de dénomination ? Quel linguiste pointilleux avait lancé d'autorité cette innovation imbécile ? Elle continua ostensiblement à utiliser les termes d' « émigré » et d' « émigration » dans ses interviews. Il y en eut beaucoup. La presse féminine surtout portait aux nues cette vieille dame excentrique qui, à quatre-vingt-deux ans, publiait des livres d'une stupéfiante fraîcheur. La télévision décida de lui consacrer une émission de prestige. On vint la filmer chez elle

Olga fit front à l'équipe de techniciens, assise à sa table de travail, des pages manuscrites étalées devant elle ; et, sur des guéridons, à portée de sa main, l'accessoiriste disposa quelques objets fétiches évoquant l'atmosphère russe où elle était censée puiser son inspiration. Éblouie par la lumière crue des projecteurs, elle n'en garda pas moins son sang-froid pour répondre au journaliste — un spécialiste des confessions inattendues — qui tentait de la désarçonner par ses questions à la fois aimables et insidieuses. Une fois de plus, elle parla avec naturel et sobriété de son enfance préservée à Quairoy, de sa vie familiale sans histoire, de son attachement à l'ancienne Russie, de sa gratitude envers la France qui l'avait si généreusement hébergée, mais refusa de dire si elle se déciderait un jour à retourner dans son pays natal.

La retransmission de cet entretien, à une heure de grande écoute, eut un rayonnement considérable. Elle reçut de nombreuses lettres de téléspectateurs. Comme elle s'effrayait de l'abondance du courrier, Dimitriev se chargea d'y répondre à sa place. Il était devenu plus que son traducteur : son secrétaire, son imprésario... Quand il lui apprit que l'envoyé accrédité d'un grand journal russe désirait la rencontrer, elle n'eut pas le courage de refuser sa porte à un quidam qu'on lui recommandait si chaudement. Du reste, Dimitriev lui promit d'assister à la conversation pour éviter tout malentendu.

L'homme, un nommé Vassili Pietoukhine, était jeune, rougeaud, râblé, portait jeans et blouson de cuir. Ses cheveux, d'un blond de paille, lui couvraient la nuque jusqu'aux épaules. Une minuscule boucle d'argent ornait son oreille gauche. Visiblement, il affectait l'allure désinvolte d'un reporter américain. Cependant, dès qu'il ouvrit la bouche, Olga fut transportée en Russie. L'accent de la langue maternelle, parlée non plus par un émigré mais par quelqu'un du cru, lui chavira le cœur. Les distances s'abolissaient, et même les années d'exil. Elle était de plain-pied avec cet inconnu à la dégaine de zonard élégant. Au début, ce fut même elle qui l'interrogea. Pris au dépourvu, il évita les réponses précises sur l'état de délabrement de son pays. Tout au plus avoua-t-il que la vie, à Saint-Pétersbourg ou à Moscou, était difficile, que les citadins manquaient de l'essentiel et que leurs moindres projets se heurtaient à des complications administratives insurmontables. Mais ce qui l'intéressait surtout, c'était l'opinion d'Olga sur les nouvelles orientations de la Russie. Qu'attendait-elle pour s'y rendre ? Savait-elle que, là-bas, on la considérait comme une compatriote, qu'on admirait ses livres et qu'on se réjouissait de leur succès ? Ne voulait-elle pas entreprendre un voyage triomphal dans les principales villes de l'ex-U.R.S.S. et en rapporter un témoignage destiné au public occidental ?

— Vous êtes des nôtres ! répétait-il. Les contingences politiques ne comptent pas. Ce qui importe, c'est le sang, c'est la langue. Or, vous êtes née de parents russes, vous écrivez en russe... Décidez-vous ! Rejoignez-nous ! Vous serez émerveillée ! Et, après un petit séjour parmi nous, vous rentrerez en France... A moins que, éclairée sur votre vrai destin, vous ne préfériez rester en Russie...

Elle rit et fit du doigt un signe mutin de négation :

— Non, merci ! Je suis un trop vieux cheval pour changer d'écurie !

Il rit lui aussi et reconnut :

— Je m'en doutais un peu.

Cependant, tout en refusant de céder aux exhortations de Pietoukhine, elle goûtait un secret plaisir à ce bavardage en russe, avec un journaliste russe, après tant d'interviews en français, avec des journalistes français ! Bien qu'originaire d'un pays dont on pouvait craindre le pire, cet homme lui était sympathique. Il prenait beaucoup de notes dans un calepin. Son application la touchait et lui inspirait confiance. C'était comme si un ami de son fils lui eût rendu visite. Elle lui offrit une tasse de thé. Dimitriev aiguilla la conversation sur des sujets littéraires. On évoqua les grands écrivains russes du passé et les nouveaux venus, dont Olga ne savait pas grand-chose.

— Je vous enverrai quelques-uns des derniers

romans publiés chez nous avec succès, assura Pietoukhine.

Il promit également à Olga de lui faire parvenir son article sitôt qu'il serait publié. Enfin, il se décida à lever le camp. Dimitriev s'offrit à lui servir de guide dans la découverte des monuments et des musées de Paris. Ils partirent ensemble.

Une fois seule, Olga reprit pied dans la réalité. Tout redevint français autour d'elle. Les bruits de la rue, les journaux empilés sur la commode, la voix d'Alicia dans la cuisine, le courrier qu'elle n'avait pas encore décacheté et dont elle n'attendait rien. Une pensée étrange la visita, comme si un oiseau eût frappé du bec à sa fenêtre : « Si mes parents avaient émigré avec moi en Allemagne ou aux États-Unis, aurais-je été aussi attachée à ces pays que je le suis à la France ? se dit-elle. Puisque, malgré mes racines russes, je me sens profondément intégrée à la vie française, c'est que quelque chose, dans cette nation insolente, goguenarde, discutailleuse et prête à s'enflammer pour des idées, répond chez moi à un besoin d'intelligence et de liberté. Et puis, il y a la littérature... » Cette évidence l'éblouit. Dans sa tête, Balzac et Tolstoï marchaient bras dessus, bras dessous, Tchekhov et Flaubert avaient des discussions passionnées à propos d'un adjectif,

Pouchkine et Victor Hugo se récitaient mutuellement leurs derniers poèmes... D'ailleurs, n'avait-elle pas lu pour la première fois, à Quairoy, *Les Lettres de mon moulin* dans une traduction russe ? Elle n'en était plus très sûre, mais c'était probable, et cette confusion l'amusait. Tout au long de sa vie, le fleuve russe et le fleuve français avaient ainsi marié leurs eaux tumultueuses. Elle avait déjà remarqué qu'il lui arrivait de rêver en français après la lecture d'un beau texte russe et vice versa. Quel appauvrissement si elle avait, en s'expatriant, commis l'erreur de renoncer à l'une ou l'autre de ces deux cultures !

Elle regretta que Boris, retenu à sa boutique pour cause d'inventaire (que pouvait-il bien avoir à inventorier parmi le bric-à-brac de ses bouquins disparates ?), n'eût pas assisté à l'entretien. Elle se reprocha même de n'avoir pas demandé à Pietoukhine son adresse provisoire à Paris. L'idée de le revoir ne lui était pas désagréable. Peut-être Dimitriev pourrait-il la renseigner ? Aussitôt, elle se reprit sévèrement. Où allait-elle se fourvoyer ? Ce Pietoukhine ne lui était rien. Un Soviétique qui avait retourné sa veste comme tant d'autres. Hier, il avait certainement chanté les vertus du communisme dans ses chroniques ; aujourd'hui, à coup sûr, il en dénonçait les crimes avec la même sincérité !

Elle n'en attendit pas moins très impatiemment le récit de leur rencontre, qu'il avait promis de lui expédier par exprès. Quinze jours plus tard, alors qu'elle avait cessé d'espérer, elle reçut un exemplaire du journal *La Russie,* où l'interview figurait en deuxième page. Elle lut cette prose de circonstance avec une émotion qui l'étonna. Dans l'ensemble, Pietoukhine rapportait fidèlement les propos de son interlocutrice. Mais, à la fin, il mettait dans la bouche d'Olga un vibrant hommage à la Russie actuelle et au président Eltsine. Elle en fut révoltée. Puis elle songea que cette concession à la politique n'était pas aussi compromettante qu'elle le redoutait. Tout compte fait, l'article russe, quelque peu flagorneur et tendancieux, la flattait davantage que certains articles français d'une qualité supérieure. Boris et Dimitriev, dûment consultés, estimèrent que le reportage était « de premier ordre ». Dimitriev proposa même à Olga de lui ménager des entrevues avec d'autres journalistes russes de passage à Paris. Mais, cette fois, rattrapée par sa vieille méfiance, elle refusa.

Durant l'été, le bruit suscité par la publication de *28, rue des Belles-Feuilles* commença à s'apaiser. Les ventes baissèrent. Olga n'en fut pas mécontente. A présent, elle avait hâte de se consacrer à son essai : *Sainte Russie ou Maudite*

*Russie ?* Dimitriev trouvait le sujet dangereux et le titre inutilement provocateur. Quant à Boris, il était trop préoccupé par le prochain départ de Viviane et de Caroline pour se soucier des scrupules de sa mère.

Le Gogol ferma ses portes, comme chaque année, le 20 juillet. Viviane et Caroline avaient choisi de s'envoler le 25. Boris les accompagna à l'aéroport. Il en revint avec la mine d'un vieil enfant puni. Olga regretta de l'avoir dissuadé de se joindre à l'expédition. Mais n'était-ce pas lui qui avait exigé de rester avec sa mère ? Dans ces conditions, elle n'avait rien à se reprocher. Il n'empêche que, pendant trois semaines, elle fut incapable de tracer une ligne de *Sainte Russie ou Maudite Russie ?* On eût dit qu'une paralysie s'était emparée de son cerveau. Que ce fût à table avec son fils, seule dans son bureau ou assise face au poste de télévision, elle ne pouvait penser qu'à ces deux femmes qui arpentaient joyeusement les rues de Moscou et de Saint-Pétersbourg tandis qu'elle se morfondait à Paris. Elle les enviait d'être là-bas et se moquait de leurs ambitions touristiques, alors qu'elles ne parlaient même pas la langue du pays. Elle disait à Boris que, malgré leur prétention de tout voir et de tout comprendre, elles étaient comme deux visiteuses errant les yeux bandés dans un musée.

— Tu exagères, maman ! répondait-il. Elles auront un guide... Et puis, elles savent quelques mots de russe...

— Oui : bortsch, pirojkis, chachlik... On ne va pas loin avec un tel vocabulaire !

Il souriait tristement et changeait de conversation. Évidemment, il souffrait de l'absence de Viviane et de Caroline, bien qu'elles fussent acoquinées ensemble et qu'il ne couchât plus ni avec l'une ni avec l'autre. Mais, songeait Olga, pour un homme de cet âge, la présence amicale d'une robe, d'un parfum suffit à rendre la vie supportable. Sans doute, auprès de son ancienne épouse et de son ancienne maîtresse, Boris avait-il l'illusion de poursuivre une aventure virile. Il n'avait pas encore tout à fait démissionné, puisque deux femmes partageaient, même chastement, son existence. Et puis, il y avait sa mère ! A elle seule, elle occupait les heures creuses. Les soirées d'Olga et de son fils étaient mornes. Ils ne trouvaient pas grand-chose à se dire et, quand le défilé des images sur le petit écran les fatiguait, ils étalaient des patiences aux combinaisons savantes.

Pour l'un comme pour l'autre, le retour des voyageuses, au bout de trois semaines, fut une délivrance. Olga organisa un dîner à la maison, afin de fêter l'événement « en famille ». Elles avaient rapporté des cadeaux : des boîtes laquées, noires et aux dessins naïfs de style russe, pour Olga ; pour Boris, une toque de fourrure. Il s'en coiffa et ressembla à un cosaque descendu de son cheval. Sa mère l'enveloppa d'un regard d'admiration amoureuse. Mais elle avait surtout hâte de voir les nombreuses photos que les deux femmes avaient prises au cours de leur tournée. Elle leur avait donné, à tout hasard, l'adresse de sa maison natale, à Saint-Pétersbourg, dans le quartier de l'Amirauté. Après avoir fouillé dans son sac à main, Viviane lui mit sous les yeux l'image d'un immeuble gris et triste, au portail flanqué de deux colonnes doriques et à la façade craquelée. Olga considéra avec une indifférence mêlée de regret cette bâtisse solennelle qui ne lui rappelait rien. Pourtant, le nom de la rue, le numéro, tout était exact. Était-ce de là qu'elle sortait, fillette sage tenant la main de sa mère, pour aller prendre l'air au jardin Saint-Isaac ? Impossible de le savoir. Le temps avait tout effacé. Ce n'était pas en ces lieux qu'elle avait vu le jour. Mais quelques années plus tard, en France, à Quairoy. Incapable d'en convenir, elle murmura, en rendant la photo à Viviane :

— Oui, oui..., je me souviens... C'est bien là...

— Gardez-la ! lui dit Viviane. Elle est pour vous.

— Merci... Je suis très touchée, bredouilla Olga.

Mais elle laissa la photo sur un coin de la table. Il y en avait des dizaines d'autres, devant lesquelles il fallut se récrier d'étonnement : Caroline au pied de la statue équestre de Pierre le Grand, Viviane sur la place Rouge, avec au fond la cathédrale Saint-Basile, les deux inséparables en conversation avec un militaire au poitrail constellé de décorations... Tout cela, jugea Olga in petto, était conventionnel et grotesque. Mais Boris jubilait.

Enfin, on songea au dîner. Estimant que Viviane et Caroline avaient dû être soumises, au cours de leur pèlerinage, à une cuisine russe de gargote, Olga avait opté pour un menu français classique : quiche lorraine et gigot assorti d'un gratin dauphinois. Alicia était fine cuisinière. Pour plus de sûreté, Olga l'avait aidée dans la préparation des plats. Or, ni la blonde et opulente Viviane, ni la brunette et fragile Caroline ne prêtaient attention à ce qu'elles mangeaient. Elles paraissaient surexcitées par l'expérience qu'elles venaient de vivre. Comme Katia et Véra, elles ne tarissaient pas de commentaires sur les splendeurs de Saint-Pétersbourg, ville de canaux, de palais et de brume, et de Moscou, dont les églises, affirmaient-elles, avaient repris, grâce au nouveau régime, leur rôle ancestral de consolation, d'adoration et de mystère. Cependant, Caroline osa émettre quelques critiques. Elle trouvait que tout, là-bas, était bon pour la montre mais que rien n'était fait pour le modeste bonheur quotidien.

— On sent que, derrière le décor, c'est le vide, dit-elle.

— Derrière, ma petite, c'est la Russie ! s'écria Viviane, dont l'œil bleu de faïence étincela de défi.

Ayant proféré cet aphorisme, elle insista avec véhémence sur la nécessité, pour les pays européens, de porter secours à une nation menacée de naufrage.

— Si on ne les aide pas, ils vont crever de faim, de désespoir, de…, d'incertitude ! gémissait-elle. Ce n'est pas avec des promesses de liberté et de justice qu'on remplit les estomacs… Tout est pourri, chez eux ! La jeunesse s'enivre ou se drogue ; il n'y a plus de travail que pour un quart de la population ; une véritable maffia contrôle le ravitaillement ; l'armée ne sait plus à quel chef se vouer ; le prestige d'Eltsine chancelle… Même les grand-mères, dans la rue, vendent leurs dernières hardes…

— Et avec ça ils sont si gentils, si naïfs, si accueillants ! renchérit Caroline.

— Comment avez-vous pu vous en rendre compte, puisque vous ne parlez pas le russe ? demanda Olga avec ironie.

— Cela se sent, cela se devine ! répliqua Viviane. Et puis, notre guide, une femme admirable, nous a expliqué...

— Très juste, j'oubliais le guide ! observa Olga en riant. Une institution des plus respectables ! La vérité sort de sa bouche assermentée, c'est bien connu !

— En tout cas, reprit Viviane avec force, on ne peut laisser ce peuple merveilleux partir à la dérive ! J'ai entendu dire qu'il existait, à Paris, des associations qui se chargeaient d'expédier des colis de nourriture et de vêtements en Russie. Je vais me mettre en rapport avec elles dès demain.

Et, plantant son regard dans les yeux d'Olga, elle dit abruptement :

— Vous devriez en faire autant... C'est un devoir de charité, pour nous autres qui avons le privilège d'appartenir à un pays paisible et prospère !

Piquée au vif, Olga tressaillit, voulut protester vertement et se contenta de grommeler, entre haut et bas :

— Comme si vous ne saviez pas que la plupart

de ces envois sont détournés par le gouvernement, ou par des bandes de voyous, et finissent au marché noir...

Mais Viviane était lancée :

— Même s'il n'y en a que la moitié ou le tiers qui parvient à destination, il est indispensable de le faire ! Surtout quand on est, comme vous, d'origine russe !

— Oui, maman, appuya Boris. Nous devrions tous...

Olga lui coupa la parole :

— Tais-toi ! Je n'ai besoin des conseils de personne ! J'aviserai par moi-même.

— Si vous voulez, j'ai l'adresse d'un de ces organismes d'aide à la Russie..., proposa Caroline.

— Je l'ai, moi aussi ! rétorqua Olga.

Et elle se renfrogna. Depuis le début du repas, elle se sentait coupable. Mais de quoi, grand Dieu ? D'avoir la chance de vivre en France, bien que née de parents russes ? De ne pas être foncièrement solidaire d'un peuple avec qui elle n'avait en commun que la langue ? D'être moins proche de sa terre natale que les deux perruches qui en revenaient toutes bouleversées par la révélation ? Elle souffrait soudain d'être distancée dans son amour de la Russie par des Françaises sans jugeote. Il lui semblait que leur fierté d'être allées là-bas, en « éclaireuses », était offensante pour elle, pour ses idées, pour son passé. Elle demanda à revoir la photo de sa maison natale et murmura :

— Au fait, je crois bien que cette fenêtre, à gauche, au deuxième étage, était celle de ma chambre d'enfant...

Puis, comme Alicia apportait le dessert, qui était une glace à la pistache entourée de meringue, elle s'entendit annoncer :

— Le déclin de l'été est très agréable, en Russie. Nous partirons le mois prochain, mon fils et moi. Tu t'occuperas des formalités, Boris !

Sa voix lui parut déformée, amplifiée, comme si elle avait parlé sous la voûte d'une cathédrale. A peine se fut-elle tue qu'un grand calme et une grande gaieté l'envahirent. Elle regardait Viviane, Caroline, Boris et se découvrait, pour la première fois, en parfaite communion avec eux. Un moment, elle eut l'illusion qu'ils avaient tous les quatre le même âge et qu'ils appartenaient, tous les quatre, au même pays, qui n'était ni la Russie ni la France, mais une contrée plus vaste, plus fraternelle et plus mystérieuse, dont le nom ne figurait dans aucun manuel de géographie.

# VI

La date du départ fut fixée, d'un commun accord, au mardi 25 septembre 1992. Boris entreprit immédiatement les démarches nécessaires à l'obtention des visas et à la réservation des billets d'avion et des chambres d'hôtel. Selon le docteur Michel Loubet, le médecin de famille, Olga ne souffrait que d'une tension capricieuse et pouvait fort bien supporter le voyage, à condition de prendre régulièrement ses médicaments et d'éviter la fatigue des cérémonies officielles. Sur son conseil, Boris se rendit à l'ambassade de Russie pour demander qu'en raison de son âge Olga fût dispensée de toute obligation protocolaire, de toute manifestation publique. L'attaché culturel qui le reçut déplora cet excès de modestie, mais jura que Mme Kourganova serait traitée en simple touriste, malgré sa notoriété internationale. Comme son interlocuteur souriait d'un air matois en formulant sa promesse, Boris ne fut qu'à demi rassuré.

En vérité, la seule perspective de cette expédition en Russie agissait sur Olga à la façon d'un adjuvant. Elle se sentait rajeunie et plus alerte. Quand elle se regardait dans une glace, elle croyait se voir telle qu'elle était dix ans plus tôt, massive, l'œil clair et le teint frais. Ses anciennes préventions étaient oubliées. Il lui semblait qu'elle avait de tout temps souhaité ce retour aux sources. Elle en nourrirait son prochain livre, *Sainte Russie ou Maudite Russie?* et, selon sa propre expression, les lecteurs en resteraient « baba ».

A présent, elle comptait les jours qui la sépareraient de l'embarquement. Afin de tromper son impatience, elle prépara même trois petits discours, pour le cas où, en dépit des assurances de l'attaché d'ambassade, elle serait forcée de prendre la parole au cours d'une réception. En outre, elle eut soin de se munir d'un carnet en prévision des nombreuses notes qu'elle aurait l'occasion de griffonner sur le vif. Puis, soudain, une pensée saugrenue la frappa en pleine tête. Et si, par extraordinaire, elle se passionnait pour cette expérience, si la découverte de la Russie la transformait de fond en comble, si elle éprouvait le besoin de rester là-bas, dans le bourdonnement de la langue russe, parmi les ovations du public russe, si elle s'enracinait à Saint-Pétersbourg ou à Moscou ? Quel cas de conscience ! Quel déchirement secret ! Elle se compara à une enfant abandonnée, dont la famille d'origine réclame le retour après des années de séparation et qui se fait scrupule de quitter sa famille adoptive.

Mais non, tout se passerait bien. Elle ne trahirait jamais la France pour la Russie. Une telle ingratitude n'était pas dans son caractère. Elle reviendrait éblouie peut-être, mais fidèle à ses souvenirs de Quairoy. Allons, courage ! Il fallait partir. Pour mieux réintégrer, le moment venu, son petit appartement de la rue Jacob. Dix fois elle recommença ses bagages. Le choix des robes la préoccupait. Elle avait des bouffées de coquetterie. Boris riait de son animation joyeuse. Ils choisirent de fêter leur prochain envol, dans un avion d'Air France, par un dîner exceptionnel au Gogol, le 23 septembre.

Olga avait composé elle-même le menu : blinis accompagnés de caviar et de crème, léger potage à la betterave pour mieux les faire passer et bœuf à la Stroganoff, le tout arrosé de vodka. Ce fut Caroline qui veilla personnellement à la préparation de ces spécialités. Puis elle vint s'asseoir, avec Viviane, à la table. Olga était d'une humeur de rêve. Elle qui avait coutume de critiquer la cuisine de son ex-bru jugeait, ce soir-là, que tout était réussi. L'alcool, bu à petits coups secs, avivait dans son palais la saveur de la nourriture et clarifiait dans son esprit la galopade des idées. Les deux femmes de son fils bénéficiaient, ce soir, de son indulgence, voire de son approbation. Peut-être, en effet, n'y avait-il rien d'autre entre Viviane et Caroline qu'une grande amitié ? Olga trouvait que les clients du restaurant avaient, dans l'ensemble, des têtes sympathiques. Les serveuses lui paraissaient plus accortes et plus enjouées que les autres jours. D'ailleurs, tout ce qui se disait pendant le dîner était d'une drôlerie sans pareille. Le monde entier était peuplé de gens heureux et intelligents qui la regardaient avec gentillesse. Et ce miracle, elle le devait à son intention de ne plus bouder la Russie ! Elle jeta un bref coup d'œil à Gogol dans son cadre doré. Il dominait de haut l'assistance. En voyant tous ces inconnus penchés sur leurs assiettes et qui se régalaient paisiblement, ne rêvait-il pas à une suite des *Âmes mortes* qu'il n'écrirait jamais ? Elle leva son verre et sourit à des convives de la table voisine, qui répondirent courtoisement à son salut.

Le repas tirait à sa fin. Olga était de plus en plus gaie, mais sa langue s'empâtait, son cerveau s'embrumait. Elle remarqua que son fils l'observait avec inquiétude.

— Qu'y a-t-il ? lui demanda-t-elle. Tu n'es pas bien ?

— Si, si, maman ! dit-il. Mais je crois qu'il est temps que nous rentrions...

— J'ai à peine touché à mon dessert !

— Il est tard... Je suis fatigué... Et toi aussi, sans doute...

— Moi ? Pas du tout ! s'écria-t-elle. Tu es un fameux bonnet de nuit, mon garçon ! Et je t'avouerai même...

Elle n'acheva pas sa phrase. Les murs s'inclinaient autour d'elle sous l'effet d'un brusque tangage. Le lustre se balançait au-dessus de son front, comme prêt à se décrocher. Les bruits de la salle emplissaient ses oreilles d'un mugissement de marée. La table, avec ses verres et ses plats, montait à sa rencontre. Elle s'affala de tout son poids, le menton dans son assiette.

Elle reprit connaissance dans une chambre inconnue. Tout y était blanc, lisse et impersonnel. Un étrange appareil, en forme de potence, surplombait son lit. Ses deux bras étaient immobilisés par des tuyaux reliés à des bocaux transparents. Le premier visage qu'elle aperçut, dans un halo de brouillard nauséeux, fut celui de son fils, dont l'expression anxieuse la surprit. Elle voulut parler. Mais sa bouche ne lui obéissait plus. Une moitié de sa figure était en caoutchouc. Elle finit par articuler, en hachant les mots :

— Qu'est-ce... qui m'est... arrivé ?
— Ce n'est rien, répondit Boris. Une petite attaque. Le docteur dit que tu t'en tireras.
— C'est trop bête... Les billets... Nous devions partir... dans deux jours...
— Ce sera pour une autre fois !

La respiration d'Olga devint sifflante :

— Il n'y aura... pas d'autre fois, Boris... Je ne veux plus... aller en Russie... J'ai autre chose à faire...
— Quoi, maman ?

Elle s'imposa un effort douloureux et murmura dans un souffle :

— Il faut que... je retourne... à Quairoy...

Ce furent ses dernières paroles intelligibles. Épuisée par l'effort, elle ferma les yeux et demeura ainsi, inerte, livide, la mâchoire déviée, avec une traînée de salive à la commissure des lèvres.

— Laissez-la, maintenant, monsieur, dit une infirmière en pénétrant dans la chambre. Elle a besoin de repos.

Boris se retira sur la pointe des pieds.

Il n'était pas rentré à la maison depuis dix minutes que le téléphone sonnait. Une voix inconnue, à l'accent méridional, lui demanda s'il était bien le fils de Mme Olga Kourganova. Et ce furent deux phrases laconiques : « Votre mère est au plus mal, monsieur. Venez vite ! » Il se précipita. Quand il arriva à l'hôpital, l'immense bâtisse paraissait dormir. Mais il était attendu. Un interne de service à l'air consterné lui annonça que la malade était morte sans avoir repris connaissance. Elle allait être transportée à la morgue. Boris fut autorisé à la voir sur son lit. La stupeur lui enlevait jusqu'au désir de pleurer. Son désarroi était celui d'un enfant de sept ans qui se découvre soudain seul au monde. Il cherchait une main, comme lorsqu'il regardait la télévision avec sa mère, mais ne rencontrait que le vide. Olga ne voulait plus de lui.

Tandis qu'il contemplait ce visage de cire, dont la mentonnière, maladroitement fixée, déformait les joues, une plainte étrange chantait dans sa mémoire : « Il faut que... je retourne... à Quairoy. » Elle avait obtenu ce qu'elle désirait. Elle semblait contente. Il y avait même un vague sourire dans les plis de cette vieille bouche qui ne parlerait plus jamais.

Ce furent Caroline et Viviane qui se chargèrent

des formalités. L'inhumation eut lieu dans le cimetière russe de Sainte-Geneviève-des-Bois, après un service funèbre en la cathédrale Saint-Alexandre-Nevski de la rue Daru. La presse unanime rendit un hommage de sympathie à la « grand-mère gâteau de l'immigration ». La télévision repassa des extraits de ses interviews. Les éditions du Mouton Noir relancèrent ses derniers livres. Puis personne ne parla plus d'elle. Cependant, son portrait veillait à la place d'honneur dans la salle du Gogol. Le restaurant battait des records de clientèle.

Au mois de novembre 1992, Boris résolut d'effectuer seul le voyage en Russie qu'il avait projeté de faire avec sa mère. C'était, disait-il, un devoir de piété filiale. Viviane et Caroline l'accompagnèrent à l'aéroport. Quand il eut enregistré ses bagages, elles l'embrassèrent, à tour de rôle, en lui souhaitant un heureux séjour dans « ce pays merveilleux ». Elles étaient devenues plus tendres avec lui depuis la mort d'Olga. Comme si elles avaient voulu prendre la relève de la disparue. Boris portait la toque de fourrure qu'elles lui avaient offerte à leur retour de Moscou. Planté devant les deux femmes, il ne se décidait pas à les quitter. Des larmes de désarroi gonflaient ses yeux. Il promenait un regard effaré sur l'agitation bourdonnante du hall. Caroline lui dit, par plaisanterie :

— Une fois là-bas, renseigne-toi sur les meilleurs restaurants. Vas-y ! Goûte de tout ! Et tâche de nous rapporter des recettes !

Il esquissa une grimace :

— Oui, oui, j'essaierai...

Elles le poussèrent aux épaules pour qu'il rejoignît la cohue des passagers à destination de Moscou. Une réunion de touristes aux mines épanouies. Il n'avait rien de commun avec tous ces gens qui se préparaient à une partie de plaisir. Sa présence parmi eux lui parut si insolite et si absurde qu'il songea à rebrousser chemin. Mais le mouvement de la foule, canalisée par des barrières, l'entraînait toujours plus loin. Une dernière fois, il se demanda ce qu'il allait chercher en Russie. Sa mère peut-être... Il tendit son passeport à un fonctionnaire de la police de l'air et des frontières, qui, le voyant sourire dans le vide, le dévisagea d'un œil soupçonneux.

*Cet ouvrage a été composé par l'Imprimerie BUSSIÈRE et imprimé sur presse CAMERON dans les ateliers de B.C.I. à Saint-Amand-Montrond (Cher) en mars 1995*

N° d'édition : 15981. N° d'impression : 4/261.
Dépôt légal : mars 1995.
*Imprimé en France*